欣梦享
ENJOY LIVING

走路都想跳舞

廖智——著

江苏凤凰文艺出版社
JIANGSU PHOENIX LITERATURE AND ART PUBLISHING

图书在版编目（CIP）数据

走路都想跳舞 / 廖智著 . -- 南京：江苏凤凰文艺出版社，2024.5（2024.5 重印）
ISBN 978-7-5594-8503-8

Ⅰ . ①走… Ⅱ . ①廖… Ⅲ . ①随笔 – 作品集 – 中国 – 当代 Ⅳ . ① I267.1

中国国家版本馆 CIP 数据核字 (2024) 第 053184 号

走路都想跳舞

廖　智 著

责任编辑　王昕宁
特约编辑　闫雯晰
装帧设计　木南君
责任印制　杨　丹
特约监制　杨　琴
出版发行　江苏凤凰文艺出版社
南京市中央路 165 号，邮编：210009
网　　址　http://www.jswenyi.com
印　　刷　文畅阁印刷有限公司
开　　本　880 毫米 ×1230 毫米　1/32
印　　张　8.5
字　　数　176 千字
版　　次　2024 年 5 月第 1 版
印　　次　2024 年 5 月第 2 次印刷
书　　号　ISBN 978-7-5594-8503-8
定　　价　48.00 元

写在前面

幼年时，因父母忙于做生意，有一段时间我被左邻右舍的婆婆们照顾着。虽然她们都是善良之人，但长时间寄人篱下的生活让我形成了讨好型人格，极度缺乏安全感。在别人家里，为了不被嫌弃，我必须学会乖巧懂事，知道吃饭时少夹肉，有些话不能说，有些事不可争。

为此，妈妈很是骄傲，常对别人说："我家廖智从小就特别好带，不磨人，连哭声都像蚊子一样小声，根本不让人操心。"其实，这于我而言，不是什么值得夸赞的事情，而是不自知的压抑。

尽管如此，我长大后对那段经历，还是心怀感恩的。它使我在没有经过社会捶打的情况下，就拥有了洞察他人感受的能力。这是生活教会我的。或许这种洞察力容易让我内耗，甚至被拖入情绪的深渊；但如果运用得当，可以细腻而精准地感受他人的情绪，完成良好的人际互动。

因此，我不需要费尽心力地去摆脱那些压抑的过往，只需要知道如何运用这段过往带来的洞察力。经历不会禁锢我们，而无法洞悉经历带给我们的智慧，才会让我们感到不自由。

小时候并未察觉，过了而立之年，我才恍然大悟：凡事都有正反两面。童年时，父母无暇照顾我，的确让我经历了一段压抑的时光，却也使我充分地享受了大自然带来的自由。只要我愿意，便可以尽情地探索家乡的每一条街道，街道周边的山，山里的小溪……天地养育，大自然孵化，在大自然这位“老师”面前，我所接受的一切都是无限宽广、无限仁慈的。

大自然看似沉默，却又借着风雨雷电、树叶摩挲，教人感受到它时时刻刻都与人同在。正是这样广博而沉默的同在感，让亲近它的人无须努力便可学会对人对事的豁达态度。如果说寄人篱下的经历让我变得退缩、压抑、畏惧，大自然则让我变得自信、豁达和心怀敬畏。它教会我独立刚强、不依附、不攀比、不无聊、能想象、易饶恕。

大自然辽阔、深邃、复杂，且无穷无尽。与寄人篱下时的压抑相比，在山野间奔跑让我感受到最大的自由。

这是两种完全不同的环境，二者交错，我成长为一个令自己和他人都捉摸不透的人——热爱生命，热爱周遭的一切，却不喜欢混迹于人群。

从青春期开始，因家庭变故和文学作品的影响，我陷入了虚无主义的泥沼，以致对身边的一切都提不起兴趣，认为活着毫无意义。我用苛刻的眼光看待自己和他人，在意他们的“残缺”。我认为，人类的缺陷显而易见，如果看不到，也只能说明这个人的缺陷还处于隐而未现的阶段。我曾经这样悲观地看待一切。

悲观使人清醒，但除此之外，它毫无用处，除了吐槽这个世界，并没有带给我任何收获。悲观让我自认为聪颖，却也让我逃避着属于自己的责任。悲观的声音有几分真实，但它能告诉我们的是令人忧愁的，是似是而非的，是远不完整的。

也许父母的爱和大自然的馈赠，给我留下了很多珍贵的感受，所以心里悲观的底色上始终藏着一丝遥远的希望，这又让我感到快乐。这正是我心里的矛盾之处。因此我的性情也呈现出相应的矛盾：虽然活泼开朗，却无法表现得外向，热情。

活泼开朗源于对生命本身的感激和热爱；不外向，也不热情，则源于对人群天然的不信任。

寄人篱下的经历让我习惯了沉默地观察，时间长了，便觉得日光之下无新事，令人厌烦的事却有很多。那些大人之间咬耳朵的动作和不经意中流露出来的嫌弃，那些闲言碎语和心口不一，让我变得敏感且小气。

小时候，我一直认为自己没有得到充足的安全感，总想着必须得到什么才能平安。想要的太多，生活却不尽如人意，而我，也的确没有足够的信心和勇气。

长大后，我才明白，人生会有被辜负的时刻，不过辜负自己最多的，往往是自己；没有照顾好自己的，也是自己。

我本以为生活就这样慢慢地过去，在虚无中得过且过，直到死神来敲门的那一天。

死神曾提前来过一次，只是并没有带走我。那就是2008年的“5·12”大地震。我被埋在废墟里将近三十个小时，死神张着血盆大口虎视眈眈地盯着我，每一分每一秒都是煎熬，我近乎绝望，满是恐惧。虽然我并不热爱生活，但也从未想到二十三岁就要跟这个世界告别，我还没准备好迎接死亡。

那一刻，我突然意识到：我害怕的不是死亡本身，而是还没有好好活过就要死去的遗憾和虚无感。

在生死关头的灵魂拷问中，我恍然大悟：原来不是因为拥有的少而感到痛苦，而是因为感受不到已拥有的，所以才觉得痛苦。人并不会因为得不到爱而匮乏，而是因为感受不到爱的存在才匮乏。

在死亡边缘，我听到父亲的呼喊，听到废墟外人来人往的脚步声，忽然发现，生命是那么美好，它纵然裂痕斑驳，但……起码可以和爱的人拥抱，可以自由地行走……而现在，这一切都要和我说再见了。

我在绝望中祈祷：仁慈的生命之主啊，给我一次重新来过的机会吧，我会用余生来回报这个机会，我会活出全新的样子……

在将近三十个小时之后，经过父亲和武警官兵们的坚持和努力，我终于获救了。

当我从黑暗中被抬出，看见黄昏的天空时，泪水蓄满了我的双眼。从废墟被抬向卡车的短短几分钟，就像过了一个世纪那样漫长，眼前的一切像电影镜头一样被一帧一帧地放慢了。

我看见沧桑的父亲裹着红色外套，在这一天一夜里，他的脸上好似长出了许多皱纹。他用难以置信的眼神盯着我，生怕我再次消失；想要和我说点什么，嘴唇颤抖着，却说不出一句话。我发现那些勇敢的武警官兵竟然还那么年轻，他们被尘土染黑的脸上只有泪水和汗水流过的地方是皮肤本来的颜色，他们说着鼓励我的话，语气温柔而坚定。有邻居哭着对我喊：“廖智，你要好好活下去啊，这栋楼只救了你一个人出来……我们屋里的人都走了！没有了！”

傍晚开始刮风了，那是我第一次觉得天空能那么温暖、明亮。虚弱的我根本无法做出更多的表达，只有眼里的泪水汩汩流出。我在心里不停地说着“谢谢”，感谢命运听到了我的呼救，感谢爸爸的守护，感谢英勇的武警官兵战士们不顾一切地救了我。

从前，不知死为何物，便也不明生之意义。经历过生死，我必须兑现在废墟里的承诺：以外界不能理解、不可体会的姿态活出全新的人生。

所以，现在有人问我：“每次有人找你重提‘5·12’大地震的经历时，你会不会感到厌烦？”说实话，如果人们只是想知道当时的惨状，的确会让我感到厌烦。因为悲哀是留给自己的，悲伤只有在完全属于自己时才是对它的尊重。但如果让我分享这段经历能带给我的成长和收获，我便愿意分享。人在失去的同时，也会得到很多，而我从这场灾难中学到了很多对人生影响深远的哲理。它们改变了我的人生走向。

在经历了失去与痛苦、爱与恩典之后，我发现自己变了，变得豁达。那个敏感的自己，似乎从生命中慢慢褪出，另一个廖智重生了。

新的廖智不再那么矛盾，内心的混沌和纠结得到了疏解；我不再害怕，也不再觉得自己是受害者，甚至坚信自己是幸存者。尽管我清楚地知道，人群中充斥着很多不美好的画面，但我不再认为必须要符合理想才可以去爱，不再认为必须先得到安全感才可以感受到平安。

我的心里长出不受限制的爱、喜乐和平安。

是的，很奇妙，我的生命发生了改变。得到了一种不易被环境所影响的幸福，或者说是自由。生活既可以是这个样子，也可以是那个样子，我可以被爱，也可以接受被无礼对待，但内心的幸福感不再轻易受影响。就连愤怒和忧伤，也不能带走我心里的爱和平安。

这种变化最明显的体现是：以前我只会为了值得感恩的事情而感恩，现在却可以做到为任何发生的事情而感恩。无论事情看起来是多么“糟糕”，在我眼中都是恩典的彰显，虽然难免伤心、痛苦，但在这些情绪到来的同时，心灵深处还有一种声音：“啊，通过这件事我会获得的礼物是什么呢？”一旦觉察到这份喜乐，哀伤就消失了。“哦，我在哭什么呢？这不是一件好事吗？”伴随着这种想法，哀伤的眼泪就止住了，感恩的眼泪流下来。

这种不被环境所影响的喜乐和平安，起初像是礼物，偶尔出现让我感到惊喜。经过这么多年，它们好像稳定地住进了我的心里。即便有段时间我似乎忘记要如何获得幸福，可是一定能找到那条回头路，再次回到过去。

经历过天堂般喜乐的人，是没有办法彻底绝望的。

我一直在想，一个死里逃生，或者说一个向死而生的人能留给这世界什么呢？如果能让人们在尚不需要去面对死亡，就懂得如何感受爱和幸福，大概也很有意义吧。所以，我现在做的所有事都指向一个目标——不是救世主般地献上自己为祭，去帮助人们赢得爱和幸福，而更像是一个见证人：我会向人分享，我是如何感受到爱和幸福，如何喜乐到连走路都想跳舞的。

我不确定每个途经我生命的人会得到什么，但我会尽己所能，用文字向他人分享，帮助你离天堂般的、属于灵魂的理想国度更近一步。

即便是最亲近、最相爱的人之间，也很难避免伤害。伴侣、父母、孩子、好友、工作伙伴无不如此。世上没有完美的人，有时候我也会因为人际关系问题而感到失落，甚至受到伤害。同时，我也意识到自己的不完美，即使面对深爱的人，即使运用了能力范围内的最高智慧，也无可避免地对他们造成或大或小的伤害。

当我开始觉察到这个事实之后，曾一度非常痛苦，甚至有一次在梦里念叨着“没救了”。但庆幸的是，在每一次绝望的祈祷之后，心里就会涌出更大的希望，得以放下了一个个心灵重担，并决定继续享受和亲近之人的关系。

我开始明白“万事互相效力”的道理。今生所有遇到的悲伤、快乐、顺利、挫败，都指向一个事实：它们的来到，都是为了使我受益。我是如此被爱！

生命中所有爱我的人和围绕我所展开的一切事，都对我的人生产生影响，他人愿意和我共享的眼泪和欢笑，使我成为这样独特的个体，令我逐渐变得成熟、丰盛。

在世间，有些事是造物主的事，有些事是别人的事，还有些事是自己的事。对于一个被认为幸运的人，一直发生的幸运恐怕已然不是幸运。我心存敬畏地将生命中的一切际遇都看作恩典，我不希望有人总是绝望地认为“我就是命不好”，从而把所有令人生变得艰难的机遇都甩给“命运”。

我很喜欢霍金的一段话：“我注意到，即使那些声称一切都已注定，人力无法改变天意的人，在过马路的时候还是会左右看。”在《黑洞和小宇宙》一书中，他形象地阐述了这个观点：尽管命运有其章法，但人也应当积极地为自己的人生负责任。

这也是我写这本书的原因。通过我的分享，希望读者们可以打起精神来面对今生——来到这人世间，你值得拥有丰盛的生命，你值得拥有走路都想跳舞的喜乐与信心。

这本书收录了这两三年来我随时随地所记录下的故事、感悟和反思。盼望透过这些人、事和感悟，可以让你感受到被一股新的力量所拥抱，盼望你愿意开口对自己说：“×××（你的名字），就算经历过死神带来的劫难，就算看不见光明，你依然是被爱着的；你是被命运拣选来到人世间的宝贵存在。你的存在让世界不一样，你不是悲哀的，而是被爱的。从现在开始，你有能力卸下重担，你可以好好地享受生命。我要你认真对待自己，拥抱自己，我要见证你重新站起来并为此欢欣鼓舞。”

Charles的外婆，如今也是我的外婆，她是我心中最美丽的女人。她年事已高，我想不出在她九十岁那年可以送给她什么礼物，我想将这本书献给她。

在我撰写这些文字时，仿佛可以看见她的笑容。每当我想到她，就会觉得很温暖，在她的身上没有衰老的气息。因为真正的衰老不在脸上、身上，而在眼里、心里。对未来失去信心的人，即使现在只有十八岁他的心灵也已经衰老，正如曾经那个二十几岁就已经老去的我。只是我从“死”里“复活”了。

而外婆，她一直生机勃勃地活着。

还记得最初在台北相见，我们还不熟悉，那是一次家庭聚餐，她坐在圆桌的对面。那天来的都是家里的长辈，而我好似新人入场般备受关注。由于紧张，我不小心打翻了面前的茶杯，其他人都看向我。正当我不知如何化解尴尬时，对面的外婆也打翻了茶杯。她哈哈大笑起来，一边整理一边说："哎呀，人老了就是笨手笨脚的……"一串笑声之后，所有人都忘记了我的尴尬。

聚餐结束后，Charles偷偷告诉我，刚才外婆是故意打翻茶杯的。我说我知道。当外婆瞥到我打翻茶杯时，我就从她的眼里看出来了，她想帮我。

我刚生完女儿那段时间，许多人围上来给我这个新手妈妈出主意，教我如何照顾孩子。而外婆到我家之后，只是简单地看了一眼孩子，然后就来找我聊天。她说的第一句话是："孩子哭哭没关系的，我养了那么多个孩子，都是这么哭过来的，哭一哭能让肺活量变大。现在最重要的是，你要多休息。妈妈刚生产完，是最辛苦的。养育孩子的路还很长，让他们哭几声不会怎么样的。"

外婆看到的不只是一个需要照顾的新生儿，更多的关注点是放在我这个身陷兵荒马乱里的新手母亲身上。她知道旁人的办法帮不了我，唯有我能照顾好自己，找回轻省的心，才可以帮助自己和孩子。

来看望我的人纷纷带来了关怀和主意，只有她的话才让我拥有了做母亲的热情和自信。她拥有着一双智慧的眼睛，能看到人的软弱和需要。她总能用短短的几句话，驱走他人的忧虑，使人能知道该如何去做美好的事。

她拥有和许多人不一样的眼光。她让我相信，人尽管会随着岁月渐渐老去，肉体或许会衰残，但拥有信心、盼望和爱心的人，可以在心灵里一天新似一天。

外婆的发丝、笑容，以及喜乐的声音，在我心中都好像是音符。每一次我对人生感到沮丧的时候，她的音容笑貌就会在我的脑海中歌唱着，使我不由得跟着她跳起舞来——歌唱吧、欢笑吧、舞蹈吧，蔑视那企图压倒我们的恐惧和忧伤。

我不知道她在年轻时，是凭着怎样的信心度过那些波涛汹涌的时光，但我知道她在90年的人生路途中看足了风景，是那个尽兴到走路都想跳舞的人生旅客。

愿我们终究能从生活中提炼出甘心，甘心地接受人生的阴晴圆缺，甘心地承认这个世界的有义与不义，甘心地允许自己和世界存在不完美，甘心地善待自己和他人。

从现在开始，我会向你细数那些我亲身经历的珍贵点滴，在“幸运”以外，是智慧使我能够分辨重要的事，从而抓住生命中点点滴滴的恩典。每个人生命中都有恩典，但有些人让恩典流失了，智慧却能够帮我们抓住它。

我的朋友，愿你喜乐且平安！愿你知足且安稳！愿你在低谷时也能歌唱！愿你走路都想跳舞！

目录

Part — 3 感恩那些度你的人

Part — 4 建立相互滋养的关系

Part — 5 凡事发生必有利于我

Part — 6 从缝隙中去寻找微光

你值得拥有更好的

Part — 1

♦ 疯狂的幽默感

不知道是四川人的特质，还是被爸妈宠爱的“后遗症”，我总觉得自己身上有一种疯狂的幽默感，我很感激它的存在，因为它有时候会救人一命。

要描述这份疯狂的幽默感，又不得不提到我那人生至暗的时刻。

我的第一场截肢手术是“帐篷手术”，当时所有大楼因余震而不能上去，手术室不得不用临时搭建的帐篷来代替。一顶帐篷里有好几台手术同时进行，医生和护士要以最高的效率来拯救生命，他们个个筋疲力尽。

医院里做大手术时，一般会采用全麻，以避免病人因心理压力过大或崩溃失控而产生身体晃动。但当时没有麻醉的条件。当医生向我的后背注射麻药时，我的身体瑟瑟发抖。在“针戳歪了怎么办”的恐惧中，我只能集中全部意志力才勉强控制住了身体。手术持续到大半夜，整个过程我都是清醒的。

我生怕自己会尖叫，再吓到医生。那时候医务人员的状态都不太好，有一位医生因压力过大而不停地念叨“这辈子没见过这么多锯掉的手和脚”。不只是伤员，就连医护人员都产生了应激创伤心理。

为了缓解双方的压力，我只好主动地没话找话：

“等会儿你要用那边的锯子锯我的腿吗？

“现在是在锯我的腿吗？

“这是电锯的声音吗？我的骨头硬吗？

“没事儿，要不你抽根烟再继续？

“多抽两根也没问题，我在这儿躺着动不了。

“给我看看左腿还剩下多少？啊！那么短！

“右腿？右腿尽量留多一点吧……唉！没事儿，你看着办吧，我都行。

“哈哈哈，小短腿儿，本来就矮，以前还能给鞋子里垫垫东西，这下可好了。”

……

医生们在我的搭话中渐渐放松下来，而我也终于不再被恐惧所支配。说废话可以舒缓压力，所以很多人一紧张就开始说废话。真希望这个世界能给爱说废话的人多一些接纳和包容，因为他们可能只是感到紧张而已。

我发现，转移注意力能够有效地减轻人们的心理压力。在恐惧中，不要那么乖，别让它牵着鼻子走，来点儿疯狂的幽默感有时真的能救命。恐惧像一个巨大的黑影，当你越用力地凝视它，它就越容易吸附于你，直到彻底占领你；但当你不关注它，转而寻找其他有趣的事时，它就会慢慢消失，继而也就失去了对你的控制。

幽默感一路陪伴着我。当身边的人感到紧张时，我总会讲个笑话或自嘲一番。我不介意他们笑话我，开心时怼回去当乐子，不开心时就不理会。把生活过好——没有什么比这个更重要了。看穿了生活的本质，也就不会在小事上较真了。

我也有感到悲伤的时候，幽默感并不代表我没心没肺。恰恰相反，正因为我是一个敏感的人，所以懂得人际关系的界限，我希望给自己和他人保留出健康、积极的边界感。

举个例子，如果你毫无界限地逢人就诉苦，即便是一开始关心你的人，也会逐渐疏远你。如果你从来不表达自己的软弱，爱你的人也不会明白你的需求，得不到你的认可，从而因找不到被需要的安全感而渐渐变得失落和沮丧。

我大抵能够分辨出身边人何时正处在软弱之中。对方软弱时，我就要强势些，因为这时候他（她）需要一个可以依靠的臂膀，一个安全的归属；当对方强势时，我就可以安心地依靠对方，向他倾诉我内心的挣扎，让自己的心得到爱的滋养。

不过大部分时间里，我不会总把目光集中在自己或某个人身上，因为无论是谁，都经受不起长久的关注，那会令人感到窒息。我会寻找生活中其他有趣的事，如享受大自然、参与社会活动、坐在路边吹吹风、幻想树叶在陪我跳舞……

所以，不要把自己看得太重要，千万不要以上帝视角去审视一切，不要对任何人存有不切实际的幻想。有时候，人们看了一些书，学了一点心理学就容易将所学的知识用于批判他人，而鲜少用来反省。其实阅读经典的目的不在于自高自傲，而在于发现自己的有限和渺小，认识到他人的软弱和障碍，从而捕捉到“在恰当的时候，说恰当的话，做恰当的事”的智慧。

专注于过好生活，而不是专注于自己，会让你更轻松、更有序、更积极、更健康，更理解生活中不可避免的荒诞离奇，以幽默对待人生中的种种际遇。

如果你问我：“无法专注的时候，该怎么办？”我会大笑着说：“现在，立刻，笑一笑。”

是的，对自己笑一笑吧！生活没有那么糟糕！

♦ 积极情绪的价值

很小的时候，我就意识到积极情绪能给我带来实质的帮助。

童年时虽然有过一段寄人篱下的时光，但大多数时间过得还算快乐。倒不是因为出生在一个完美的家庭里，相反，我的父母也曾经历婚姻的痛苦与挣扎。

家庭是每个人初到世界所接触的第一个“小社会”，如果家里争吵不休，孩子的需求一定会在某种程度上被忽视，而父母的怒气也很难不波及孩子。久而久之，家庭内部的凝聚力就会消失。父母的不睦给孩子造成分裂感，让孩子难以感受到爱和温暖，孩子就会缺乏安全感和自信心。

所以，在很长一段时间里，我都觉得自己是个矛盾的人。有自卑、忧郁的一面，也有阳光、自信的另一面。前者源于我的原生家庭，后者，则得益于大自然对我内心缺失的弥补。

四川山水秀丽，我所住的小镇更是依山傍水。

小镇在山脚下舒服地躺卧着，一条河穿镇而过。这对孩子来说简直再好不过了，向上可爬山，向下可入河。爬山打酸枣，脱了鞋到小溪里抓螃蟹，在山里探险，四处“寻宝”；下河游泳，每次都能捡一堆不知名的石头带回家，收藏起来，想着如果跟家人走失了，可以凭着这些石头相认……大自然给我带来了很多快乐，完美地弥补了生活中的不足，让我感到平静、自由，拥有无穷的想象力。

后来，我去外地读书、工作、成家，远离了大自然。长大后，我慌慌张张地生活，也丢失了那份纯粹的快乐。

一场地震让我一无所有。反正什么也没有了，抛却挤在生命中的杂事，反而有了很多探索内心需要的安静空间。

那时候，周围的人都很悲伤，整日愁云惨淡，除了谈论伤心事，提不起兴趣去做任何事。在病房里能做的事本来就不多，看电视成为唯一的娱乐活动，但那阵子这项娱乐活动也停止了，因为打开电视后播放的都是关于地震的新闻，以至于我们根本不敢打开电视。不看也罢，一看就泪流不止。

妈妈在病房里照顾我，只要一开口讲话就落泪，她始终为女儿所受的伤而心疼、难过；爸爸偶尔从老家来医院，每次来也都很沉默。

我很心疼二老，觉得他们摊上我这个只能躺在病床上大小便的女儿很倒霉，不过我仍然希望做点什么能让他们觉得好过一点。

想到爸爸以前是一名摄影师，我就让他帮我拍照，只要他拿起相机我就露出笑容，于是爸爸也笑了。看见他的笑容，我终于感受到一丝快乐，于是，我们都找到了活下去的动力。

当妈妈和闺密在医院时，我也会请她们帮我拍照，或是自拍。每当看到照片里自己的笑容，我都会被打动，能感受到更多的力量。

于是我发现，当人无法从外界得到正面反馈时，可以自给自足。正如我在医院时那样，当我渴望看见更多笑容却无法被满足时，通过自拍看见自己的笑容，从而得到鼓励，无形中获得了积极的能量。

如果做点事情就能感受到积极的力量，人就会有动力去做更多积极的事。积极的情绪可以传递，也可以倍增。随后，我开始尝试用屁股在床上“走路”，享受无腿的乐趣；在病床上借用一切可以获得的“道具”恢复跳舞的感觉；带着别人探望我时送的花去探访其他病友；偷溜出医院帮小病友买她喜欢的DVD；组织轮椅队重现周星驰的经典片段；说服医生放我两个小时假去吃顿火锅……

为自己创造积极的情绪，才有力量往前看。**我们一直以为要拥有足够的力量才能把日子过好，其实是错的，当我们想办法把日子过好后，力量才会越来越大。**

现在，每当我陷入情绪低谷，都会有意识地做点什么来调整自己。但快乐也是有界限的，那些有损自己或他人身心的事就算暂时能带来快乐，也是不利的，因为它后面会造成更大的沉沦。

因此，调整情绪要选择健康的方式。我一般会选择放声歌唱、跳舞、阅读、写日记、祈祷、看一部电影，或是和老公及其他明事理的人聊聊天。

人在喜乐的时候，看仇敌也能生出超然的宽恕，看坏事也能觉得是好事，看伤害也能生发出感恩。喜乐是良药，医治身心百骨。

积极的情绪很难自然而然地产生，但可以通过实际的行动获得。当我们有意识地操练后就会越来越熟练，即便人生不如意事十之八九，也可以经过自己的努力，走出人生低谷。

♦ 用行动赢得信任与尊重

当你迫切地希望自己变得强大，能够影响或帮助他人，却又觉得自己被锁在一个微小的角落。那可能是你小看自己了。

我们要学会珍惜自己所能去到的每一个微小角落。以自己的专业素养，诚恳、负责地去帮助别人。因为你不知道在这些无人知晓的微小角落，会不会遇到恰好需要帮助的人，和不期而遇的伯乐。

1

2013 年雅安发生地震时，我成为第一批到达现场的志愿者之一，后来因一张我穿戴着假肢在震区的照片而在网上引起争议，很多人看到后觉得备受鼓励，但也有一些人发出质疑，“残疾人去救灾确定不是在添乱？”

是的，只要我们去做事就会听见质疑的声音，甚至还会因为性别和身体原因而受到歧视。负面的声音听多了，我们会忍不住怀疑自己做的事是否有意义，为何不被认可。

当时我在震区，也经历着这样的挑战。最初几天，志愿者的队友们也认为，我作为一个女生，在救灾时所能贡献的力量非常有限，所以很多工作都不愿意交给我。

我心里也觉得很不舒服，但很快便理解并释然了。因为有时候我也会以貌取人，会对自己不够了解的人和事带有某种偏见。而当那些人用实际行动向我证明我的判断有误后，我会感到惭愧——我想，尽管社会在不停地进步，但偏见很难完全避免。于是，我就释怀了，为何不能包容别人的偏见呢？

最重要的是，得到他人的信任，不是靠一张郁郁寡欢的脸，也不是靠口头上的争辩，更不是靠“我甩手不干了”的消极态度，而是靠真实展现出来的能力和影响力。

于是，我开始跟遇到的灾民交谈，切实地了解他们真正的需求，我把这些需求登记在手机里、发在微博上以寻求帮助，同时就近寻找可使用的资源。很快，我发现村子里有很多竹竿和枯木，把它们用小刀简单地修理一下，就可以变成帐篷的支架，而我们带来的红白蓝防水胶布也恰好可以使用。于是，我跟同行的车队队长学习用铁丝、竹竿、红白蓝胶布制作帐篷，替村民解决临时居住的问题；接收到物资时，又可以根据之前的记录按需发放。

随着我的积极参与和探索，我的志愿工作渐入佳境。

我的个子娇小，在红蓝白胶布帐篷间穿梭时更灵巧，在缝隙中缠绕和扭紧铁丝时，小一点的手来操作也更便利，再加上女性天生的沟通优势，因此得到很多当地居民的帮助。我从跟着队长搭帐篷，渐渐变成带队搭帐篷；从一开始的红蓝白胶布帐篷，到后面向政府安设的驿站领取正规帐篷，每种类型的帐篷我都能熟练地掌握搭建方法，还能教会其他队员。

其他志愿者看到我做得还不错，自然也信任我，让我参与更多力所能及的工作，后来很多往山上运送物资的工作都交给我来分配。我敢做、敢问、敢动手，越做越熟悉，越做越好，效率也提高了不少。

最后，我成了队长，带着路上遇到的不知道该做什么的年轻志愿者们一起去了一个又一个村庄。这些年轻人有了任务、方向和斗志，也感到很开心，纷纷说“终于找到组织了”。

2

在一个村子走访时，我遇到一个刚刚生产的女人。她的脸上没有任何成为妈妈的喜悦，反而一脸愁苦，我过去跟她说话，她的语速缓慢，语气低沉。

我问她：“可以抱抱你的孩子吗？”她把怀里的孩子递给我，我抱起婴儿说，“太可爱了，真像个天使。你的孩子是有福气的。”

她却问：“女孩子有啥子福气？”

交谈之后我才知道，原来她的丈夫外出打工久未归来，生产时又赶上地震，家里的老人重男轻女，因为她生的是女孩子，所以对她们娘俩的态度不好，甚至把孩子和灾难联系在一起，说孩子是灾星。

这个妈妈越说越伤心，我为了冲淡她的低落情绪，笑着说：

“嘘，不要让小家伙听见这些谎言。相信这种谎话实在是太笨了，只有笨蛋才会这样认为。”

她也跟着笑了：“是呀，他们没啥文化。”

我说：“可是你有啊。”

她说：“我也没啥文化。”

我说：“不，你有，因为你能看出这个孩子是有福气的。对吧？你看她的眉毛、眼睛、鼻子、嘴巴，每一个部位都是精雕细琢的，她就是有福气。”

接着，我给她讲述了我的故事。她听完感到很惊讶：“我没看出你的腿是假的。”

“是呀，因为我现在用假肢很熟练了。那你看我有没有福气？”

“哎呀，我觉得你也是很造孽（四川话：可怜）。”

“不！我很有福气的，当年地震那么危险，我都活下来了，我福气太大了。”

“你倒是想得开。”

“那你也要想得开，不要被那些话影响了自己的心情。如果那些声音是你的废墟，你就带着我当初的信心爬出那片废墟。”

“你的腿都没有了，你还能开心啊？”

“嗯，开心，给你看，我的背痒了的时候，我还可以用假肢帮自己挠痒痒呢，为啥不开心？”说着，我取下假肢在她的面前比画。

“哈哈，你吓我一跳，你这个人真有意思，跟你在一起聊天，我的心情都变好了。”

“那你说我是不是有福气？连一个陌生人都愿意跟我待在一起。”

“哈哈哈，也是哦。”

“所以，你不要相信那些笨蛋说的话，也不要学他们说这样的话，你要告诉你的女儿，她非常有福气，她的命运独特，她不可替代，她在这么特殊的日子出生，注定是个不同寻常的人，她一定会幸福的。你就开心地陪伴女儿长大，做一个幸福的妈妈，好不好？”

她听完终于笑了，紧接着又无声地哭了起来。我把宝宝放在床边，伸手抱了抱她。临走前，她对我说了句“谢谢”。我不知道我的到来会不会给她带来一点安慰，但我尽力把内心的温暖传递给她了。

3

有些事我们看得到成果，如搭帐篷和发放物资；有些事看不到，比如安慰这个刚刚做了妈妈的女人。无论哪一种，尽力了就不算枉然。

很多事情不会在短时间内就发生改变，而是一件小事串着一件小事。我不排斥偏见和歧视，因为那不是我关注的课题。我需要关注的不是外界的评价和看法，而是我是否付出了相应的努力：如果人们对我的期待只有三分，当我通过努力让大家看到了九分的结果，那他们该会收获多少惊喜。

当你的起点很低，没有人看好你时，就更不能消极和放弃，而是要找准方向默默努力。只要方向没错，坚持努力一定会带来进步，人们总会看见事情的发展。

尊敬，不是通过哭闹的方式赢来的，而是带着敬畏之心，踏踏实实地做了事之后得到的。

就算世界上最复杂、最困难的事，只要真的用尽全力地投入，从陌生到上手的时间也远远低于我们的预期。只是很多人在潜意识里没想过要全身心地投入，而是抱着侥幸的心理，企图付出五分力就想有十成收获，或是试图把失败归结于别人，实在没人能背锅，就怪命运对自己不公。

正如那首歌所唱："没有人能随随便便成功。"

你值得拥有美好的人生

出院后的那段时间，我一直忙于筹备名为“鼓舞”的义演。那时候的我，是个刚刚经历地震、在小镇长大的年轻人，没有见过世面，阅历单薄，身体残障，做过不少糊涂事儿，也结交过损友，前途未卜。可我仍然相信生命中发生的不全是坏事，我有经过时间考验的朋友，还有充满未知的未来。最重要的是，经历过生死之后，我认为生命必须活得跟从前不一样。

在医院里，除了偶尔看看花草，跟病友插科打诨，更多的时间都令人感到焦灼和无聊。无法从周遭事物中得到心灵的满足时，我便开始阅读。人们知道后纷纷送来图书，我一时沉浸其中，似乎找回小时候吃一碗抄手、上个厕所，甚至睡觉前也要打着手电筒阅读课外书的热情。这使我感到充实而快乐。

我从那些书中了解到：一个人所取得的成就，不在于起点的高低，而在于他内心的火焰能有多高，这火焰的光芒能否照亮自己？如果能，那么一切皆有可能。每个人的根都在自己心里，由心发出。狭隘的心容不下广阔的世界，广阔的心也不可能只塞下一颗石子。

在那段寻求未来的日子里，在一个酒店楼下，我结识了改变我生命走向的两位长辈（如今已是挚友，在后面的篇章中会详细讲述我们的友谊）。是我主动结识他们的。非常奇怪，我几乎从不主动结识陌生人，但那天我情不自禁地靠近其中一位先生。后来他告诉我，开始他还以为我是个女骗子，直到在电视上看到我跳舞，才相信我说的是真的。

或许因为我表现得实在太不像个受过伤的人了。我记得，那天我坐在轮椅上，穿着一件大裙摆的裙子，说到高兴时还手舞足蹈、喜气洋洋的，怎么看都不像是经历过悲惨事件的受害者。其实，我并非没有受伤，只是没有因为受伤就否认人世间的美好。

这两位长辈与我从小到大接触到的所有成年人都不一样，他们成熟、稳重、节制且有智慧，在我看来，他们才是真的“长大”的人。我认为，世界上很多人的言行举止，很难令人相信他们真的成熟了。而一个人只有真正成熟之后，才值得被信赖。

那时候，很多同龄人对我说，和这两位前辈在一起时，会感到莫名的局促。我问他们，为什么会这样？他们说，这二位长辈的谈吐和我们接触的、所熟悉的人都太不一样了，我们和他们根本不是一个世界的人。

这不禁让我陷入思考，我想怎么度过这一生呢？如果希望生活变得有方向、有价值，就需要和已经活成那样的人成为朋友，因为我们需要榜样。

我曾经在混乱、无序的世界里沉沦过，那时真的太绝望、太难受了。所以，我下定决心，要和积极向上的人在一起。和一群自怨自艾的人做朋友，会消耗大量的精力，但同样的，和一群上进、良善、睿智的人交朋友也并不容易，因为要时常面对内心生出的渺小感和自惭形秽的羞耻感。

在很长一段时间里，我一见到这两位长辈，就不自觉地羡慕他们的人生状态、待人接物的分寸感、恰到好处的边界感、做事的条理性，以及温柔而有节制的言谈。尤其是一起出国时，我还发现，就连人家的行李箱也比我收拾得更整齐。他们可以自然地表达自己的感受和内心的疑问，也不会让身边的人一同陷入困惑，或感到被影射。总之，他们的点滴行为都让我心生羡慕，有时我也忍不住怀疑，自己大概一生也做不到那样吧。所以，和积极向上的人相处，未必没有痛苦。

但这份痛苦是催人改变的，毕竟所有的蜕变都伴随着一定程度的痛苦，大爱无声——给你足够的空间去折腾，但并不撤销你所经历的痛苦。有盼望的痛苦是幸福的。

年复一年，我发现自己也在蜕变，只是不像蝴蝶破茧那么迅速，反而像蜗牛背着壳，缓慢的、略微吃力的，却踏踏实实地走了很远。十几年的时间里，我成熟了不少，虽然距离最终目标还有漫漫长路，可我已经找到前行的动力，并时常调回正确的方向。

与两位长辈一路相伴，我们能谈论的话题越来越多，也越来越有默契。虽然望着他们，还是心生仰慕，但我已经从自卑跃入盼望。所以，每当看到年轻人陷入自怨自艾的漩涡，甚至故意做出伤害自己的行为时，我都会回想起曾经那个不敢相信美好会发生在我身上的自己。

因为对生活失去信念，所以才会自暴自弃。**美好的事一定会发生，不过，它不是从天上掉下来的，而你要先相信你值得迎接美好的人和事！**

要有一颗善待自己、不放弃自己的心；阅读能照亮自己的书籍；结交善良、上进、成熟的朋友；然后带着信心，带上自己的人生课题，脚踏实地地向前走。只要没有偏离正确的方向，即便过程缓慢也终会到达终点。

是的，你值得拥有更美好的人生。

♦ 保持理性，别怕退一步

1

我很喜欢看查理·芒格的演讲和书籍，从中受益良多。阅读带给我诸多益处，常常使我忍不住感叹：阅读一本书，就好像认识了一位充满智慧的朋友，这是一件多么不可思议的事。我只需要花几十元钱买一本书，或者在读书软件上支付一笔费用，就可以结交一位生活中难以寻觅的珍贵好友，他们毫无保留地将自己的思想倾吐而出。忍不住感叹，读书真是世界上最划算的交易。

查理·芒格几乎在任何场合都会强调理性的重要性。前些天，我看了他的一场访谈节目，当讨论“哪些人是人中龙凤”这个话题时，我记录了他讲到的三个重点：

1. 持续地保持理性。人随着年龄增长，会变得越来越顽固、封闭，唯有不断保持理性的人，可以让自己或带领他人做正确的事；

2. 相信自己值得最好的。无论是婚姻，还是合伙人，那些选择盲目将就的人，会为自己的不谨慎而买单；

3. 信守承诺。要么不说出口，否则无论面对多大的压力和诱惑，坚持言出必行，承诺的事必须做到。

查理·芒格的观点和立场，简洁明了，一语中的。当我用女性思维去思考他的话，或将他的投资观点运用到日常生活时，都受益匪浅。

2

观看查理·芒格的访谈节目时，我联想到和Charles刚刚交往时发生的一件事，继而又想到许多其他的事情，无不跟理性相关，又无不跟幸福相关。

记得刚认识Charles时，因为我们两人各方面差异过大，未来的一切都不明朗。文化背景、家庭情况、成长经历、性格爱好、做事风格……从这些外在标准来看，我们是择偶市场里最不匹配的组合。

然而，我们都不是以貌取人的人，我们都对新鲜的人和事充满了好奇，愿意不断地探索。在一次次的朋友聚会中，我们惊讶地发现，在众多人中，最聊得来的竟是我们这对看起来最不匹配的组合。接着，我们私下开始有了更多沟通，内容涉及方方面面，对彼此都有种相见恨晚的愉悦感。

我们对人生中所有重要事情的认知都高度契合，如信仰、世界观、价值观、人生观等，外在的差异不是鸿沟，反倒能够为彼此赋能。

这在我们后来共事和组建家庭的过程中，再一次得到确认。可以说，我和 Charles 的感情并不像偶像剧里那般热烈，而是经历了一个理性爬升的过程。虽然中途我曾有过一小段意乱情迷，一见他就露出一副“花痴脸”，甚至想丢掉手头的工作，随时朝他飞奔而去。但我很感恩 Charles 表现出足够的明智、谨慎，或是说胆小（据说胆小是聪明的表现），他着实被我的“花痴脸”吓了一跳，觉得事情开始变味，便往后退了一大步。他的这种反应让我很快从“浪漫幻想”中清醒过来。

是的，那段时间里 Charles 表现出了退缩。他明确地向我表明了想法，他认为我们的感情发展得太快了，希望彼此都能保持冷静以便了解得更清楚，而不是仓促地做出错误的决定。他在某次聚会前刻意对我说：“我们现在还只是朋友，对吗？”这让我备受打击，说实话，我的确有些失落，因为当时的我不希望我们之间的关系只是朋友而已。

那天的聚会，我的心情低落而封闭，但很快被大家的激烈讨论吸引了注意力，随即投入其中，随着讨论的深入，我的心结猛地被解开了。我终于意识到，自己似乎已经在情感里迷失了方向。世界那么大，为什么要因“求而不得”而难过呢？应该感到庆幸才对，每一扇关上的门都意味着还有更广阔的路可以选择。在全身心地投入当下的过程中，我找回了理性。理性使人自信，并且对已拥有的充满感恩。

我感谢 Charles 在关键时刻保持了清醒和理智，为了真正的幸福，有必要更慎重地观察和思考，然后再做出决定。我认为他的想法是正确的，所以我没有发脾气，以试图扭转他的想法，而是也大大方方地后退了一步，更加尊敬他的想法。

那天聚会结束后，我的态度已经和聚会前截然不同了，我变得开朗、乐观，明确表示愿意与 Charles 做好朋友，而不是必须将关系推进一步。老实说，即便只是一般朋友，Charles 也是我心目中的最佳好友，他身上的许多特质都非常珍贵，我应该感恩能拥有这样一位朋友，而不是感到失落。

也许这是上苍对我们这段关系的考验，我很感恩可以顺利通过考验。果然，Charles 再一次发现了我的与众不同，他被我迅速调整心态、豁达以对的人生态度深深地吸引了。

3

婚后几年里，我并非时刻温柔可人，也会有严肃，甚至严厉的时刻，但每当我在家庭中表达想法时，总能得到全家人的支持和配合。为此，我感谢家庭里的每一位成员，正是我们的共同努力才让这个家庭如此幸福。

Charles说：“**只要你所说的有道理，我找不到不听的理由。**”你看，他多么谦和，多么智慧。他是我多么明智的选择。

理性使人有信心等待更好的结果，也愿意后退一步静默观察，承受短暂的不确定性，更愿意以长期主义的眼光看待一切人和事，而不是非要达到自己认定的结果。一旦得不到就立刻翻脸，这是非理性的。我们不能强求别人，只能改变自己。

回想自己过往失败的决策，往往都是因为不够理性。

保持理性，这将对我们的人生大有助益。

♦ 享受从笨拙到拿捏的过程

很多人觉得，如果能做喜欢的事，一定不费吹灰之力。于是，内心就产生了“我做这件事觉得痛苦，肯定是因为我不喜欢这件事，我在这方面没有天分”的想法。

天分何其无辜，因为对绝大多数人而言，无论多么热爱一件事，在真正做成之前，都会经历很多挫折和困难。

比如，我每次学习一支新的舞蹈，都会经历沮丧期。从一开始手是手、脚是脚的激动，到真正动起来时，手不是手，脚也不是脚的挫败感。

比如，我写文章，每次写完回头看自己的文字，总会无数次产生撕掉重写的念头。

再比如，我心血来潮想要录一首歌，录了几遍，成品都不符合期待，就会生气地逼着墙壁再“听”我以“惊悚之调”高歌一曲……

我不喜欢唱歌吗？不喜欢跳舞吗？不喜欢写作吗？显然不是。我一两岁刚学会走路时，就会随着音乐摇摆跟唱，读书时就尝试着写小短文，可见，我对这些事的喜爱是天生的。

可是从喜爱到成功，必须反复练习，经历痛苦的蛰伏期。

Charles 对他的工作非常热爱，对着一块石膏精心打磨的专注，比对我说情话时还要温柔。所以，我经常在脑海里想象一幅画面，我冲到 Charles 面前对他说：“你可以想象我是一块石膏，来，哥们儿，说两句情话试试。”当然，现实情况往往是，我自己先被这幅画面逗得哈哈大笑，换来正在“沙发瘫”的 Charles 一记白眼——他常常觉得我“无厘头”。

即便 Charles 如此热爱工作，也难免有沮丧的时候。比如，当面对一个陌生的、不同寻常的案例时；一个需要花大量时间建立关系，才愿意尝试新产品的孩子；一个手术做得不太成功的病患；一个情绪消极，不肯尝试任何革新技术的人……他也会怀疑自己的能力，即便他已经拥有多年的专业研究和临床经验。

每个人都会面对困难和挑战的时刻，也会陷入怀疑和痛苦。

同样的，有些一开始并不喜欢的事，经过反复练习，熟练掌握之后，也会变成喜欢且轻松的事。

虽然我永远都年轻（请允许我偶尔自我炫耀一下），但在更年轻的时候，我无力招架挫败感。彼时，放弃就成了优选。

慢慢地，读的书多了，见的事多了，走的路多了，心里反而越来越平和，对挫败感也能坦然面对了。因为我知道，做任何事都会经历“感受痛苦”的阶段，但这份痛苦只是源于不熟悉，从不熟悉到熟悉，重复训练就可以了。

其实这是一件特别简单的事，但感受的速度往往比理性更快地占据大脑，所以在理性还没有来得及分析之前，感受就已经下了指令，选择放弃。

那么，我们要忽略感受吗？我不会这么做的，我会想办法调整感受，让它能够匹配事实所需的能量。

比如，当练习一支新舞蹈“感受痛苦”时，我就一边练习，一边抽空做些能调动自己身心的动作，这样训练过程就能从“痛苦”变得“有趣”。再给自己一点耐心，相信大脑的整合与记忆的能力，经过一整夜的休整，第二天说不定能发生奇迹。如果第二天不行，就多给自己几天的时间。

比如，当我写作写到“感觉痛苦”时，就会去找几个有意思的朋友聊天，听他们讲讲自己对人生的看法。来一场没有批判和功利心的闲聊，真是有益身心的活动啊！接下来，自己又能写出有趣而温暖的文字了。

但前提是要先去建立和经营一些能做正向互动的友谊，以及进行蛰伏期的静心练习。

今天早晨我腿上的疤开始发痒了，觉得很不舒服，好友发来的微信金句：“不痛不痒，怎么能成长？”

这些家伙！跟我在一起的时间长了，都能出口成章了。

人生大半的苦，来自我们对事情的看法和态度。与其跟事实较劲，不如换个角度和方式。只要你没有放弃继续前行，条条大路通罗马，你迟早能到达想去的地方。

♦ 肃清场地，尊重自己

常常能收到关于人际关系的私信问题：

> 某个同事老挑我刺，怎么办？
> 某个朋友老嘲笑我，怎么办？
> 某人严重越界，怎么办？
> 某个同学总是针对我、中伤我，怎么办？

其实不必为这类问题感到过度烦恼。很简单，如果你在乎这段关系，那就直言不讳地告诉对方自己觉得不舒服，如果对方也在乎你，自然会停止。如果对方不在乎你的感受，你也不值得花时间继续维持这段没有意义的人际关系，潇洒地挥手，坚定地与对方划清界限。如果对方敢进一步造次，甚至逾越法律的底线，那就果断地拿起法律的武器捍卫自己的权利。

“自己不做施暴者，但也绝不跟恐怖分子谈条件。”这是我家先生的态度，我深以为然。

如果是你不在乎的人，根本就不值得花时间去思考这些话的意义。一个不在乎你、你也不在乎的人，发出的声音和噪音没什么区别。可以清除的噪音，就去清除；无法清除的，就给自己戴上“耳塞”，千万不要去认同。

表达感受是对自己的尊重，是对自己的交代。这样就不会在脑海里反复上演类似的“虚构对话”。表达感受的内容仅限于自己，不连带对己、对人的苛责和羞辱，双方的人格都不该遭受践踏。但该划的界限，一定要划清。

表达之后的选择权在对方，看对方是否选择继续跟你做朋友。当对方做了选择，你就根据对方的选择，无悔地做出反应，是继续交往还是远离。无须为了证明自己心胸广阔、人格伟大，而让充满恶意的人随意进出自己的世界。我们活着，不是为了满足他人的期待，而是为了建造有意义、有创造力、有使命感、有幸福力的人生。

无论是在哪个社交平台上，我的身份都不是评论家，而是分享者；不是发起关于他人的话题来让大家评头论足，而是真诚地分享自己的生活与感受。

分享自己是不冒犯他人的，如果有人在我的个人分享中感觉被冒犯了，大抵是因为内心还存在着未处理的伤害。要正视伤害、治愈伤害，为自己受伤的心负责，这是无人可以替代的。

还有些人是因为嫉妒而恶待他人，暗地里搞小动作去坑害别人，这些对人对己都无益的言行举止，大多来源于内心的自卑感。每个人多多少少都会在某些时刻产生自卑感，但因为自卑而去攻击他人，就是病态的表现了。谁能解决这些问题呢，唯有他（她）自己意识到，并愿意接受心理辅导。

人生短暂，何其珍贵啊！在有限的时间里，去吸引志同道合的朋友和爱人。对那些只想释放恶意，无意和你一同追寻人生真理的人，完全不必花费时间与他们纠缠。

面对没有理性的人，争辩是毫无意义的，最好的方法就是直接断交。在网络上则更简单——拉黑，这是对“杠精”最好的回应。请记住：你不接受，戾气对你就没有作用力。

挥手告别，肃清场地，做人生的好管家；不争辩，不畏惧，也不必视若无睹，这才是尊重自己。感觉被冒犯了，有被讨厌的勇气，但也有把冒犯者请出自己世界的底气。无须为对方找理由，更不用怀疑自己，请果断清场。不伤害他人，但也要有不被伤害的能力。表达、释放、界限清晰，这一连贯的动作是必须的。

世界那么大，人生何其短。和真正喜欢的人在一起，做真正喜欢做的事。

正视自我与外界

Part — 2

♦ 为自己设立合理的界限

1

不知道有多少人像我一样，从小父母给予的教导是，在外面遇事要忍让，如果出现问题，先从自己身上找原因。其实，这个教导积极、美好的一面是——帮助人自我反省，也有利于人们遇事不争，甘愿退让；但缺点是它不够完整，还需要补充后半部分——应该怎样保护自己。

当面对爱我们的人时，遇事不争有利于和睦，如夫妻之间小的争执，彼此各让一步会更有利于和谐的亲密关系。但当我们遇到恶意、欺骗、勒索、歧视、伤害、暴力等会损及身心的人和事时，需要我们在事发之初就明确自己的界限，这样才能在危险来临前及时抽身，避免受到伤害。

在该说“不”的时候，要坚定地说“不”。在该求助的时候，一定要勇敢地求助。

当别人让我们感到不舒服时，我们为什么不敢说“不”呢？因为害怕得罪人，担心自己的感觉是错误的，害怕别人误以为自己冷漠无情。说到底，是太在意别人的看法，而不愿意接纳自己居然有“受伤”的感受。可能因为从小接受的教育就是要求我们隐忍，也可能我们曾试图跟有权威的长辈讲述心里的困惑时，被对方漠视或责骂了……因此，负面的感受得不到关心和疏导，慢慢地，就认为自己不该有受伤的感觉，不信任自己的感觉。从此，不管是否是自己的问题，都觉得一定是自己的问题。

老实说，我就是一个缺乏界限感的人。总有人和事会趁着我没有界限，像盗贼一样冲进我的生命，而我明明有权利对它们说“不”，却总因自身的软弱而说不出口，以致受伤。遇到Charles后，我才慢慢意识到界限感对人身心健康的重要性。

2

我发现Charles总是很轻松地对那些越界的人和事说“不”。起初，我以为他这么做会得罪很多人，然而事实上，他深得老板、同事、朋友的信任和尊敬。他真的履行了“是就说是，不是就说不是”的言行准则。如果有人问他可不可以这样，他不愿意的话，就会如实告知，“对不起，我不想这么做。”

天知道，就是说这么简单的一句话，对我而言是多么的困难！因为成长经历和所受的教育不同，对他来说非常自然的事，对我来说却困难极了。

Charles把每件事都表达得很清楚，让对方没有任何多余的猜测空间，彼此都很清楚对方的期待，不会产生多余的想法。

认识他的人，可能一开始会觉得他不近人情，久而久之就知道，他其实是个很热心的人，只是他有自己的界限。他让别人清楚地知道他的界限在哪里，慢慢地，大家就知道如何尊重他，还会因为他总是言行一致而信任他。

因为没有言不由衷的话和事，所以 Charles 总是感到很快乐，虽然你从他的脸上看不到多少笑容（这是脸的问题，不是心的问题，他跟我表白的时候脸上也没有表情），但我们全家都知道他是个快乐的男人。快乐体现在两个方面：不因其他人和事而严重内耗，可以全神贯注地做手头的事，也可以每晚倒头就睡。

3

这几年，受 Charles 的影响，我已经越来越懂得与令自己不舒服的人和事说“不”了，尽管有时还会因为性格软弱而说出一些言不由衷的话，被那些企图控制我的人一步步地跨入禁区。所幸，我已经学会在事后察觉内心的感受。

以前，我总是告诉自己：“我的感受不重要，可能是误解了别人，也可能是我太脆弱。”现在，我会告诉自己：“我的感受是重要的，我并不脆弱，我有拒绝不合理要求的权利。”然后，再鼓起勇气去拒绝。

当你刚开始学着拒绝那些让你感到不舒服的人和事时，可能会因对方的反应而难受，他们会用言语、表情、眼神和行动告诉你：“你是个不识时务的人，离开了我你只能更加悲惨”“你竟然敢拒绝我，你这么愚蠢迟早成为孤家寡人”“你看你多么小气、多么没爱心，我就这一个小小的要求，只需要你牺牲一点点，你也不愿意帮忙，上次我找 ×××，人家二话不说就答应了，就你事儿多……”

这些来自被你拒绝的、擅长情感和道德绑架的人的过激反应会让你难受，并且怀疑自己的决定。但请不要动摇，坚持下去，要知道真正值得深交的人绝不会利用情感和道德去绑架他人，他们懂得尊重别人的决定，而不是用贬低、质疑、污蔑的方式来套住你。当有人对你做这种事时，就像一场测试，替你测出了这个人的不成熟和不靠谱，那么拒绝他岂不是最正确的决定吗？

当你坚定地把那些令你难受的人和事逐步请出你的世界，主动靠近那些温暖的、友好的、理性的、尊重你的人，你的人生会越来越好。过去那些令你受伤的经验，也会慢慢被后来这些成功的人际交往经验所代替。

彻底的转变并非一朝一夕之功，尤其我们内心有过难受的经验，那些不快的经历会令我们后退、惧怕和软弱。一旦意识到这些，立刻为自己划定界限，勇敢地说“不”，不再惧怕他人的评价，如此练习就会一次比一次做得好。只要在成长，就是一件很有盼头的事。

给自己设立合理的界限，是爱自己的表现。只有当我们学会正确地爱自己之后，才有能力给予别人真诚、宽广和无私的爱。

VSPH

♦ 你不笨，更没有错

我有一个特别要好的朋友，从小总被她的爸爸说“笨”。但我知道，她一点也不笨。她的手很巧，会做各种手工、画工；她有即兴幽默表演的天分；她懂得倾听；她对自己要做的事很有执行力；她的性情也耿直仗义。这些都是她的能力。

我常常住在她家里，慢慢地观察到：原来她的爸爸没有读过多少书，所以特别羡慕那些读书好的人。

而我这个朋友呢，除了以上这些优点，还在艺术方面很有天分，虽然不喜欢读书，但并不影响她成为一个多才多艺、热情友爱的人。然而，她的爸爸偏偏对读书有强烈的执念，完全看不到她的优点，眼里只剩下她面对读书时的“笨”。

如此优秀的她，却因为爸爸的打击而常常自我怀疑。所幸我们从小在一起玩，彼此陪伴的时间比她跟父母在一起的时间还要多，所以她内心的压力就有了释放之地。

有一次，她跟我说：“你知道我最喜欢你身上的什么特质吗？就是你对未来永远都有信心。”

我不谦虚地承认她说得对，同时，我还有很多其他的缺点。

我不会因为自己不够完美而苛责自己。因为我的爸爸从小对我说："我的女儿，眼睛、鼻子、嘴巴、手、脚……都是老天爷特别打造的，你看肚皮上这颗大痣、嘴角这颗痣，都是你的独特之处。"

虽然后来在情感上的失败，也曾导致我有过一段强烈的自卑期，但总体而言，我的人生底色还是明亮的，即便是遇到些风浪，也可以较快消化掉负面影响，重新找回自信。

还有一位好友，她是一名护士，温柔而耐心，是一个能带给病人温暖的家伙，是病人在忍受病痛的折磨时最希望遇到的那一种。

她原本在上海有不错的工作，却去云南一个偏远之地的康复中心待了两年，在那里服务身心障碍者，给当地的孩子和家长带去了莫大的安慰和帮助。

等她志愿工作结束，重回上海，在新的工作岗位上，却遭遇了很大的打击。每天都有同事说她"笨"，说她手脚慢，花太多时间在病人身上，工作效率低，整日对她冷嘲热讽。

我能理解那些同事，她们看重效率，自然觉得对病人的耐心、仁爱不是什么大不了的事；还有另一层原因，由于我那位好友在病人中的口碑太好，也引起了别人的嫉妒（当人心生嫉妒时，就要面对内心的阴暗面，但是选择将之扩大用以伤害别人，还是从中成长，探索疗愈，这是个人的选择。但无疑，活在嫉妒中又不愿承认和寻求疗愈的人，最终会伤人伤己）。

这位朋友向我倾诉她的困惑时，我首先看到的是她身上那些不可替代的优势——对护理工作的热爱、对病人真诚的关怀和陪伴。这些优势带给病人的支持和帮助，比工作效率更重要。所以，她不笨，只是她的优势不能得到所处环境的认可。当她重新找回对自己的合理认知之后，就更有勇气去面对那些令人困扰的声音。

一个人对自己的认可，会成为他（她）面对负面评价的底气。也只有拥有这样的底气，才敢于承认自己的不足，并逐渐长进。

每个人都是独特的，个人经历是不能复制的。有时候我们能遇到懂得欣赏我们优势的人，有时候也会遇到固执己见刺伤我们的人。

在受到伤害时，先不要急着竖起身上的刺，放轻松，对自己说："我是独一无二的，我有自己的先天优势，在这方面我是不可替代的。在某些方面我可能还有些欠缺，但不要紧，我相信自己是有能力成长的。"

不要把他人有意或无意的伤害都揽在身上，因为很多时候人们并不知道自己的行为对他人意味着什么。

♦ 讨厌他人是需要能量的

1

有一本书叫《被讨厌的勇气》，而我今天想谈谈“不轻易讨厌的智慧”。

被讨厌的勇气可以帮助我们免受“被动打扰”，而不轻易讨厌的能力则帮助我们免受“主观打扰”。

什么意思呢？有时候人会因为某件事不如愿而陷入内耗，暗自揣度生气，然而，事实可能不是你想象的那样，而你的内耗则来自你过往自尊受挫的经历，或他人对你不客观的评价所带来的影响。

看过一个真实案例。一个男人回老家，坐车时遇到了一位小学同学，由于是异性，再加上性格内向，除了刚碰面时双方开心地打了招呼，一路上，那位女同学一直看着窗外想着自己家里的烦心事，一副愁眉不展的样子，基本上没讲几句话。

男人比较敏感，误以为女同学高傲，瞧不起自己，于是心生反感。下车时，他还是主动礼貌地问了句：“哟，带了水果呢！”

女同学回答："是的，给我妈妈买的。"

男人闻言，心里更难受了，觉得同学太小看自己了，难不成自己还要向她讨水果吃吗？遂带着厌恶离去。但女同学只是如实回答了他的问题，根本没有其他想法。

由于内心已经产生了反感，误会只会加深。

他们分别之后，男人带着这种屈辱感生活了很多年，每每提及此事还是很愤慨。但女同学压根不记得这个小插曲了。

那个男人无法站在客观的角度考虑事情，一点风吹草动就浮想联翩。看似是以自我为中心，其实是低自尊。对自己缺乏认可，内心的自我攻击会引起他过度解读别人的一言一行，好像外界任何不符合他预期的东西都印证了他的低价值。

人们常说起情商，认为情商高体现在会说话上。其实并不是，情商高也体现在能够中肯地，甚至积极地看待自己和他人。当一个人先入为主地讨厌另一个人时，他（她）就会越来越深地陷入自编、自导、自演的剧情里。这些剧情往往是被夸张渲染过的，未必是事实。

一个人如果讨厌一个人，这种"讨厌他人"的想法会形成一种气场，被讨厌的人接收到后，也会条件反射地给出负面反馈，当这个人接收到负面反馈后又会加剧内心的讨厌，这样他（她）就会持续收到负面反馈。所以，你会发现，一个总是爱埋怨和心怀阴谋论的人，会持续让自己陷在苦毒里，即便一开始收获同情，毒气的蔓延最终也会让周围的人对他（她）避之不及。

讨厌他人是需要能量的，而且是极其消耗身心的负能量。

这样的特质并不是天生的，更多是后天形成的。一个人如果成长在一个充满讥诮、负面评价的环境里（哪怕这些语言不是针对他），在看待他人时会更容易产生负面的评价和不自觉的敌意，而这又会使这个人持续收到负面反馈，形成恶性循环。

所以，如果你发现自己习惯性地把正常的话解读得很负面，对他人的防备心过重，那么可以有意识地提醒自己："我并不是生活在这么糟糕的环境，别人对我也没有那么多的恶意。"这会使你紧张的神经放松下来，主动与人为善，而善意的氛围会自动为你赢得尊重和信赖，长此以往，你将排遣出更多敌意，收获更多友谊，你的生活也会变得轻松而愉快。

2

有时候你会发现，在某些时期，你可以待人很温和、很友善，内心也能向人敞开；而在某些时期却变得很紧绷、很冷漠，待人也毫无耐心和宽容。

我记得在读书时，遇到一个对我充满敌意的同学。尽管我们并没有太多交集，也没有实质上的冲突和矛盾，她就是无端地厌恨我，甚至偷偷地把我的书画花。这种无端的敌意让我感到很迷惑，所幸那时的我心里充满喜乐，和我玩得好的伙伴非常维护我，我感受到的爱远比恨要多，这些敌意便不至于带给我负面的影响。我把被画过的书重新填上可爱的贴纸，继续过自己的快乐生活。

很多年后一次无意间的谈话，才从他人的口里得知，这个同学的家庭环境很糟糕，常常遭受家人的责打，还因为外貌受到攻击，所以十分敏感和要强。她从其他人口中听到关于我的流言蜚语，所以才特别讨厌我。

可惜的是，曾经对我有误解的不只她一个。毕业时，好几位同学都在留言册上写下“深入了解之后，才发现以前对你的认识是错误的，而真实的你是可爱的”诸如此类的话，而她却没有机会了解真相，如果她向我靠近，我会友善地拥抱她，她也会多一个朋友，而不至于抱着这样的偏见平白带给自己许多戾气和烦恼。

当然，我写下这些并非是说自己总是可以毫无偏见地看待他人，只是我从生活中了解到，受低自尊和周遭流言的影响，我们可能会产生有偏差的认知，这种认知会掠夺很多原本可以幸福的时光，这是不值得的。意识到这一点，就有非常大的益处了，能帮助我们变得越来越警醒，也越来越熟练地帮助自己远离偏见，从而在人际关系中收获更多积极的感受和经历。

我曾经也有过这种由于道听途说和低自尊引发的过度反应，那发生在我二十五岁时。我认识了一位新朋友，和他在工作上有一些往来，因为曾经有人告诉我“这个人很狂妄自大，你小心点”，我一开始对他充满戒备。

果然，他说话很直，言语中总透着一股“这个我有能力帮你，那个对我来说是小意思，完全不必烦扰，可以轻松解决”的感觉，我听着不舒服，不断地想“你觉得你很了不起吗？我才不需要你的帮助”。

那段时间的我，正好经历了一些不太愉快的事，很怕被人轻视，再加上别人的言语引导，让我先入为主地对这个朋友产生了负面的看法，因此，我不想和他有来往，但因为工作的关系不得不时常跟他见面，于是每次见面之前我都如坐针毡。

直到有一次谈话，他再次提道：“这个你不用担心，我认识×××，打个电话就可以跟他讲清楚。”

我忽然就爆发了：“我没有说要你帮忙，你总是一副要做救世主的态度，难道不可以平等交流吗？”

他一下子愣住了，我看着他的脸，尤其是他的眼睛。之前，我一直没有直视过他的眼睛，总是不自觉地躲避（人在对他人有偏见或敌意时，会不自觉地逃避与之目光相对），那里面有一丝奇怪的诧异和忧伤。我忽然意识到，他可能仅是一番好意，那一刻，我终于觉察到，和他相处时的不舒服只是我的心理投射，事实上，他从来没做过任何伤害我的事情。

我立刻跟他道了歉，也诚恳地说出了心里的感受，然后我得知，原来他的太太是个经常需要他帮助的人，每次他太太在家里遇到困难，如果他不赶紧说“这件事我可以搞定，你不要担心”，他的太太就会一直陷在焦虑中，以至于他以为女性都需要男性给予这样的肯定才会安心。

我也趁机告诉他，自己正处于一个自尊心比较脆弱的时刻，渴望被认可多于被帮助。借此，我们都更加了解彼此的想法，把心中的刺拔掉，我们的关系也有了突破，再合作时更加顺利了。之后我再面对他时心里多了一丝默契和亲切的感觉，心情也变得不同，不再紧绷着情绪胡乱猜测了。

有时候，由于道听途说或曾经受伤的经历，人会对一些十分平常的事产生超出应有表现的反应，这些过度反应如果不被察觉、不被改变，就会影响我们的生活、决策和情感。所以一旦有这种过度反应，要下定决心及时止损，通过改变社交环境、自我探索与成长，寻找榜样等方式，帮助自己蜕变为全新的样子。

3

如今，每当过度解读的想法和感受出现时，我不再第一时间把矛头对准外界，而是留出空间和时间，让自己冷静面对，然后再比对事实，去确认想法和感受是否正确。如果正确，就尊重自己的想法和感受；如果不正确，就调整自己的想法。久而久之，心态就不太容易受他人的影响，也不会冲动且负面地看待问题了。

能够觉察自己的心，就能更迅速地捕捉到内心扭曲和病态的部分，其实，当你能够准确地抓到这些不符合事实的“谎言”时，戳破它简直易如反掌。

没有人能够准确地揣测他人的动机，我们只能看到的极少部分事实片段，以此来推敲别人的动机，是对自己和人际关系的消耗。

真理就是事实真相。脱离事实真相的浮想联翩是虚妄的幻想，被虚妄辖制，人就会产生非理性的行为。

事实真相使人趋于理性并保持内心的平稳，让我们可以欣赏比自己优秀的人却不妄自菲薄，使人脱离内耗，专注且积极地发挥自我优势。

♦ 不要忽视“不对劲”的感觉

有朋友问：“大脑和心会不一致吗？”当然会，但那只是一种“不一致”的感觉，实际上是它们在互相作用而已。

比如，当我们看见一个外形不错的异性时，内心会生出好感，在进一步了解和相处后，心里又会生出不安。这时候好感与不安并存，又说不清原因何在。

我们将其称为“直觉”，其实就是大脑储存的经验、知识、人际交往讯息，向我们发射出信号，说明此人即便在某方面不符合我们的大脑所归纳出来的理性标准，但眼睛又传达出了符合大脑审美判断的讯号。

大脑很有趣，左、右半脑负责的领域不同。通常来说，左半脑负责语言能力，右半脑更多涉及空间关系和整理能力。这些知识已经渐渐成为常识，但人们仍然很少深入思考它对我们的影响。在这里简单阐述一下这些知识对生活的影响，就不赘述背后相关的实验了。

当大脑里不同的功能相互作用时，内心的冲突就产生了。这种冲突是一种很有力的提醒，让我们给自己留出仔细思考和整理的空间。

可惜大多数时候，我们敷衍甚至忽略内心的冲突。

在冲突中，人们不禁会问：我是听从内心的“感觉”，还是听从大脑的“理性”？这真是一道千古难题啊！但这并不应该是选择题，而应该是整合题。当你整合清楚了，做出的决定将不会是感觉与理性撕裂的，而是踏实平和的。

陪伴、辅导我的老师有句口头禅——“合情合理”，每次我向他请教一些困惑时，他都会说：“你问问自己，如果做出这个决定，你的心和大脑是否都觉得它合情合理？”

由于我们一般不会认真地整理大脑发出的有关思辨的微弱讯号，想要整理清楚，需耗时耗力，也会比较累。

而大脑另一部分则发射讯号非常快，（因依赖于惯性，而非思辨），急于得到即时满足，生怕被抢去风头。当思辨的部分刚开始运作时，它就急吼吼地开始自我表演了。

肤浅的东西永远比深刻的更容易得逞。

这也是很多爱情开始得轰轰烈烈，到最后惨败得也轰轰烈烈的原因之一。

因此，在择偶时认清自己格外重要。

当你感觉不好时，一定有原因，不管是因为自己，还是他人，不管事态多么紧急，对方如何催你，都必须冷静下来；相反，当你感觉好的时候，也要冷静下来，因为你需要等激情褪去，理性回归时，再做出准确的判断。

爱情与婚姻不是一件基于运气与浪漫的事，它是如此重要。

所以，从一开始的爱情之火，到组建一个家庭，乃至一个家族的诞生，都需要格外理性和慎重地对待。

有时候，当一个人内心正在经历冲突，而另一个人却向他施压的时候，他很可能会在慌乱中做出决定。

在处理重要的关系和事情时，如果内心感觉到冲突，仓促做出决定是对自己和他人的不负责，此时不如耐心一点，给自己足够的空间和时间整理内心的冲突，并拥有敢于承担失去的勇气。

话说回来，真爱本就会经历数重考验，如果他连等你思考的耐心都没有，这样的“爱”不要也罢。

♦ 真正困住残障人士的是什么

1

虽然每个人内心都有或多或少、或明或暗的残缺之处，但身体的残障，仍然是最明显的标识。

尤其是肢体障碍人士，无论是出现在街头，还是媒体平台，他们更多时候会被当作煽情、弱势、猎奇的群体所看待。他们当中即便出现事业成功的人，残障这个标签也会被过度解读为“身残志坚”的成功人士。

其实，残障人士也是人，是有血有肉、有感情、有理性的人。残障人士没有比谁更软弱，也没有比谁更坚强，影响残障人士的因素跟影响其他人的因素一样，无非是原生家庭、成长环境、后天机遇，教育与信仰。

任何一个人，无论是身心障碍者，还是身体健康的人，都有生而为人的软弱、坚强、善恶间的挣扎、生老病死的苦恼，从这些事来看，人人平等。

当别人给你贴上标签的时候，你会怎么做？照单全收还是极力自证？

有一本儿童绘本叫《你很特别》，讲述了一个鼓励孩子拒绝标签的故事。微美克人喜欢给不同的人贴上不同的标签，不管是好的标签，还是坏的标签，都让人活得很不自由，只有真正从心底相信自己是独特的、有价值的人，才有能力拒绝一切标签，成为自由的人。

所以，对于别人给你贴的标签，照单全收或极力自证都不会让你变得自由，唯有无视标签，不被它限制和左右，才能拥有生命带给我们的自由和喜乐。

2

当我失去双腿后，身边的人常常会说出看似善意却实则刺耳的话。

当我问医院的假肢康复师，我将来还能不能跳舞时，他很遗憾地说："别想了，永远不可能了。"

当我试图努力地找回对生活的热情，想去寻找到一双假肢也能穿上的靴子时，妈妈心疼地说："别费工夫了，你连腿都没了，还折腾着找一双靴子干什么？"

当我和好友分享我梦想中的亲密关系时，她说："作为朋友，大家都很喜欢你，不过男生可能很难接受你脱了假肢后不完整的身体吧，毕竟是不一样的。"

当我去康复中心练习时，遇见安装假肢已经七年、十年、十五年的人，他们满面愁容，我说我一定要穿上假肢继续精彩的生活，他们说：“千万不要这样，万一受伤了会更麻烦，还是尽量少一个人出门吧，我们都已经残疾了，还是稳妥一点更好。”

他们错了吗？他们没错，他们也是出于友善和关心。但他们做得对吗？他们不对，因为他们的观点仅代表他们的经验和感受，而我不是他们，他们的眼睛看到的路并不是我的眼睛看到的那条路。

很多人遭遇身体的重创后，会被外界的评价困住，会被脑海里的恐惧困住，会被对未知的担忧困住……但其实**真正能困住一个人的，从来都不是残缺的身体，不是外界的声音，而是我们内心的胆怯和恐惧，是面对命运的挑战不断推诿、躲避的脚步。**

刚开始练习使用假肢时的确很困难，心里对受伤的害怕，肉体对假肢的排斥，康复中心病友们消极悲观的话语所带来的压力……每天一睁眼，我就要跟脑海中那些试图拉着我走向消极的声音作战，我试图理清这些声音，说服自己接受某一边的理论，终究徒劳无功。

我发现头脑里对话的声音越多，日子越难过，我索性对自己说：“我累了，该干什么就干什么吧。”

当我不再试图理解这些困难，只是去面对它们的时候，奇迹反而出现了。就像一个溺水的人，不能再用头脑分析和判断状况，而是付诸行动；我面前的处境，无论好坏，不做评判，只是专注地做我能做的事。**有时候当人放弃挣扎，反而会浮出水面。**

当我越来越专注于每一天的生活，去感受每次小小的进步带给我的欢喜，去惊叹一朵云的变化所带来的快乐，去体会一片被露珠洗净的绿叶所给予的治愈感；受伤了就涂药，摔倒了就爬起来，累了就休息，流汗了就擦干，感到开心就开怀大笑，痛了就喊出来……不再对未来做多余的揣测，大胆且痛快地过好每一天，其实日子并没有想象中的那么艰难。

我发现，这些真实的生活带给我充实和快乐，远比去听别人怎么说、听头脑毫无凭据所发出来的消极声音珍贵和有意义得多。

3

有一次，我从高铁站走出来，一个小男孩走在我的身后，我听见他悄悄跟旁边的大人说：“你看，那个姐姐是个机器人吗？”

我从眼角的余光看到大人连连说：“嘘！”然后捂住了他的嘴。

那天我的心情很好，想逗逗他，于是走到半路忽然转过身看着他，把双手抬到胸口装作机器人的样子，模仿着机器人的声音说：“你好，可以握握手吗？我是长江 1 号。”

小男孩惊呆了，看着我愣在那里，紧接着蹦跳着兴奋地大叫：“她真的是机器人，我遇到一个机器人！她真的是机器人啊！”接着，在我的大笑声中，我们短暂地认识，闲聊几句后互道再见。

敞开心扉去面对遇见的人，凡事包容、相信、盼望、忍耐，这样做也许有受伤的风险，但会收获更多。当我们充满敌意和防备之心时，别人也会因此而竖起身上的刺；当我们对外关闭心门时，同时也错失人与人之间许多欢欣与幸福的时刻。

这个世界并不可怕，我们遇见的绝大多数人都是善意的，只要你愿意主动示好，就会发现人与人获得信赖和友谊并不难，这也许就是所谓的人间的温度。

你看，这就是自由！没有一种创伤和缺失可以掩盖我们的友善、幽默感、生命力和对他人的信赖，生命蕴藏在完整的爱里，这就是大自然的心意。

每次上街，我几乎都能获得百分之百的回头率。的确，在中国愿意走出家门的残障人士真的太少了，所以当我穿着假肢走在街上，总显得另类。中国有八千五百多万残障人士，全世界每六个人中就有一位是残障人士，但我们能见到的勇敢的残障人士非常少；如果所有的残障人士都能勇敢地做自己，昂首挺胸地上街，不出十年，我们在街上看到残障人士时，就不会感到惊讶了。

虽然现在愿意上街的残障人士已经比以前多了很多，但还远远不够，除了无障碍环境的建设还有待完善之外，人们心灵的藩篱也需要拆除。残障者和康健者之间缺乏诸多融合的环境，也缺乏相关的引导教育，大部分人虽然是友好的，但在街上遇见残障朋友时，仍然不知如何反应才是得体且礼貌的。

如果有一天，当你走在街上遇见一位残障人士，不用刻意回避他的目光，请带着笑容点点头就好，不要用“好可怜，好可惜，怎么这样了……”这类带有明显主观意愿的话去点评，每个人的人生都是不同的，平和地接纳这种不同，就是礼貌和尊重了。

我和先生都希望能鼓励截肢障碍群体能和我一样，“不自弃”“不自怜”“不卑不亢”“不随波逐流”“不自我贴标签”，希望能够以朋友的方式，从肢体、心灵、情感、生活、事业等方方面面得到重建与新生。所以我们会不定期举办“残健共融聚会”，给肢体障碍的朋友提供一个共聚的环境。

为什么我们会特意帮助他们呢？因为我们相信并能够感受到，爱是一切美好关系的基础和开始，我们不想去做任何人的拯救者，也许没有一个人可以完全帮助到另一个人，再多的帮助也不能改变一个内心自怜的人，除非这个人自己做好了飞翔的准备，只是等候一次机会。

我们希望把机会给到这样的人。

♦ 不失公义的良善

有时候，我们对爱的理解比较片面，认为爱就意味着退让、容忍、委屈。事实并非如此，爱可以完美地兼具理性和感性。从理性上满足公义，做事尽心尽力的人必然应多得嘉奖；从感性上满足人被看见和被在乎的感受，不管事情做得好不好，在爱里被在乎的关系是不变的。

在爱的前提下，坚持有益就是有益，无益就是无益。

很多人从道德层面对善恶进行判断，也就是作恶者即被看作恶本身。

其实，可以参考一些不同的看法，在希腊语中，善是“有益，有好处”的意思，而恶是“无益，无好处”的意思。如果从这个角度来看，有时候人们作恶可能是因为智慧和认知的偏差，如果作恶的人知道选择作恶对他毫无好处，也许他会重新选择。只不过，当人作恶的时候可能是从另一个角度感受到了好处，而没有看见事实的全部，以至于让作恶的好处遮盖了他的眼睛。

那么从爱的角度来看，是对恶行（无益，无好处的行为）视而不见，还是进行教导、管理，纠错呢？如爱之刚强，必不会对这样缺乏智慧的恶行视而不见，但爱的奇妙之处就在于，它依然可以抛开行为去爱这个人本身，去教化作恶的人，给予对方选择的机会——这是极大的智慧，可以说，**再没有比爱更刚强、智慧的力量了。**

对一个有领导责任的人来说，最难平衡的就是公义和恩慈。

我在工作中是严肃的，不能接受敷衍和错误的工作成果。如果发生这种事，我会先跟对方沟通，去了解背后的原因，尝试给对方多一些消化和调整的机会，如果有人一再犯错，我会考虑调整他的岗位，或是通过约谈商量这份工作是不是适合对方。

从团队的角度考虑，有时候劝退是更公平的，因为人在自己分内的事上屡屡敷衍、犯错的行为和态度，会影响到其他认真做事的员工，如果带领者长期对此不做出反应，便会影响那些认真工作的员工的积极性；从当事人的角度考虑，这种劝退也是必要的，因为一个人在某一岗位无法静下心来好好做事的话，他可能确实不够喜欢这份工作，或是没有做好准备去承担这份工作，只是他还没有勇气面对自己的内心罢了。

我希望自己做到公平，且看到大家的付出和需要，勇敢地做出对周围人都有利的决定。否则，只会沦为一个无力的老好人。

有时候，恩慈、善良被过度宣扬，也会成为我们逃避现实的麻醉剂，成为我们面对不公时却保持沉默的借口。恩慈和良善并不软弱，相反，它是刚强的，真正追逐它的人需要深刻地思考，“究竟何为不失公义的善良”。若不如此，善良、恩慈，只不过是我们用来安慰良心的臆想，是一出自己感动自己的戏。

在我的住所附近，有一位政府部门办事人员，她专业能力强、思路清晰、回答干脆、态度敞开，待人也亲切、能主动为办事人着想。我已经第三次跟她通话了，每次都能感受到她的专业度、效率和责任感，让办事的人既放心又愉悦。

按照职级看，她工作在最基层，但这不影响她对工作负责到底的认真态度，仅从她的态度便能看出她热爱这份工作，并为之付出了十足的努力。这无疑帮到了很多人，难怪她脸上总有一种难以形容的光辉，甚至能感染到其他人。

和她类似的还有一位做保安的朋友。我们小区停车场常常轮换不同的保安，但有一位身材偏胖的保安让我们印象深刻，不管我们经过停车场多早或多晚，只要是他当班，他都会满脸笑容地和我们招手，问候一句，并祝我们出入平安。而其他保安则面无表情、眼神晦暗。很显然，谁真正在享受工作，谁把影响力和祝福带给其他人，一眼就能看出来。

因此，我们不需要成为一个多么闪耀的人，但可以在自己的领域和岗位上尽心尽力，专业、正直、可靠、诚恳，这样的工作态度足以让生命闪闪发光。

带领团队的人，要避免和稀泥的态度，要有勇气惩恶扬善，使人们内心的正义感得到满足，让努力工作的人觉得付出是有回报的，他们便能感受到工作的价值。

愿这些立志要做光明之子的人，不要故作敬虔，自我感动，而是真的能够做好分内工作，哪怕最小的事上也付出努力，成为影响别人的人。

♦ 不羡慕别人，你有自己的幸福

关于生活，每个人都要努力追求自己的“成”。面对他人时，不必羡慕，也无须迎合，简简单单过好自己，这样才能获得幸福感。

不难发现，那些把生活安排得充实而有序的人，很少参与关于“家长里短”的讨论。他们每一次与人交谈都带着建设性，要么有助于事，要么有助于人，要么有助于己。损人不利己的事多是人闲散度日时，无中生有的。

无所事事的人长期处于“难产”的状态，没有将靶心瞄准自己提升能力和品格，而将靶子对准了他人，生出一些负能量，自己不痛快，让他人也痛苦。久而久之，成为自欺欺人的“巨婴”。所以，我几乎不参与那些爱说闲话的小团体，也会刻意避开那些习惯性爱说闲话、道是非的人。

读书时，我虽然不是“学霸”，也不太喜欢课堂上老师讲的内容，但对班里的“学霸”还是很尊敬的。他们不仅努力，学习成绩好，也更懂得为自己的人生负责。个别“学霸”因太过引人注目还引来一些无聊同学的恶意嘲笑，我却认为，懒惰的人去嘲笑勤奋的人，就像一场荒诞的喜剧。

我真正开始懂得勤奋的重要性，是在二十三岁经历了生死之后。**那次经历使我明白，死亡是真实的。生命真的会转瞬即逝，活着的时候为何不尽心尽力呢？生命值得我尽心尽力。**

上小学时，常常随妈妈去菜市场买菜，小镇的冬天湿冷刺骨，卖菜的大叔大婶的手被冻得又红又肿，有些人的手还皲裂脱了皮，但他们日复一日地守在菜摊旁边，有说有笑，热热闹闹的，精神状态不知道比我好多少倍。相比之下，我却看起来萎靡不振。在我看来，这就是他们的“成”。那时，虽然年纪小，但我发自内心地尊敬他们。

一个认真努力生活的人，无论在什么岗位上，都能让人产生愉悦和尊敬。

快递小哥

有一段时间，快递只能送到小区门口，需要自己去拿。因为我经常去拿快递，慢慢就跟不同公司的快递小哥混熟了，虽然他们都戴着口罩，但也能辨认出是哪家公司的小哥。

我和 Charles 都注意到一位很特别的快递小哥，他比其他小哥更热情，还能在很短的时间内辨认出来拿快递的人是哪一栋楼的住户，他跟每一位顾客都亲切地打招呼。他一直很稳定地这么做，享受着工作带来的成就感，享受和顾客交往过程中的快乐，也吸引着他人的注意，我观察到不少居民在面对他时，讲话的语调都会变得更快乐，人也表现得更有礼貌。

后来，小区放开了，快递可以送到门口了。有一天，我接到这位快递小哥的电话，我一开口，他就听出了我的声音，准确地说出了我快递上的名字。我们在电话里短暂地交谈了几句，互相问候，好像老朋友一样。

我和 Charles 都很喜欢他，也享受着他分享给我们的这份快乐。

家政阿姨

我初到上海时，还没跟 Charles 结婚，我们不想婚前同居，所以 Charles 帮我租了房子，跟两位外国女孩住在一起，其中一位美国女孩找来这位家政阿姨，我们分摊费用。

一开始，我并没注意到她，那阵子我忙于写作，每天要看大量的书籍。只知道她每周来两三次，帮忙打扫和整理，她忙碌时常常哼着小曲，音量不高，却很悦耳。

后来，我注意到她，是因为那天我从卧室挪去了客厅。家政阿姨正好在我面前忙碌，她一边拖地一边哼着小曲，我忍不住多看了她几眼，发现她的脸上神采奕奕，与我对望时便立刻露出笑脸。她单纯又快乐的模样让人心生喜悦，我忍不住放下手里的事，跟她聊起来，表达了对她工作的认可，从工作聊到婚姻，再到儿女和家庭。

从此之后，我们成为朋友。婚后，我们不再请阿姨，却常常吃到她送来的美食，我搬家时她还特意赶来帮忙，我两次生孩子，她都送来礼物。

相熟后，我才知道，这位阿姨早年间从外地来上海做涉外家政，因为她不喜闲言碎语，为人勤奋踏实，工作态度积极专注，后来成为好几家涉外家庭长达十几年的金牌阿姨，她也从结婚时几平方米的拥挤小屋，慢慢在上海买了两套房。

她告诉我，曾经工作量最大的时候她一天要跑十几户人家，那时肩颈痛得厉害，她就买了一些简单的运动器材，每天下班后在家里做点简单的运动。她还根据身体的感受，把运动分组，每组做二十次，一共做五组，每个动作一百次，慢慢地肩颈就不痛了，工作也越做越上手，得到了雇主们的一致好评。

口碑传开后，她有了固定雇主，工作量也降了，但始终保持着运动，她现在四十多岁，身体健康，心情愉悦，在过好自己的生活之余，还能帮助他人，带给别人好心情。

工程师

我们创办的截肢者康复工作室，有一位签约工程师，他看上去沉稳低调，从不张扬，在人群中很难被关注到，但我和Charles都很信任他。

一天下班前，我跟他聊天。他说起之前的经历："……我被排挤，因为我既不抽烟，也不喝酒，他们喜欢的事我都不做。领导交代的任务我都认真去执行，可其他人反倒会因此迁怒于我，因为他们希望尽量少做事。我在一个岗位待了五年，后来被领导提拔到中层。当领导发现我不喝酒时，非常震惊，说'你居然不喝酒'。"

因为不喝酒，他的领导竟然不再给他机会，在那个环境里所谓机会，就是应酬，他连酒都不喝，还应酬什么呢？他的职业生涯就停在了那里。

他知道什么是不公平，也知道什么是“偶尔飘过心外的绝望”，只是他没有妥协，依然故我。在无人问津的角落，他默默地钻研技术，成为技艺精湛的工程师。

那些不愿意对世俗妥协的人，其实也成了他人眼里的“残障者”。他们是如此另类，显得格格不入：他们竟然不趋炎附势？他们竟然真的热爱工作？他们竟然甘愿做好一件小事？他们竟然不追求享乐？

有些人明明站在光明里，却被黑暗嘲笑为“残缺”和“笨拙”。

当他讲起那些不公平的时候只是淡淡的自嘲“我不够聪明”。可“不够聪明”并没有夺去他眼里的光，以及在小事中轻而易举就能得到的快乐。他眼里的快乐有多深呢？像孩子的快乐那般会淌出来似的。

在先前的工作岗位上，他没有得到应有的认可与重视，但我们的工作室向来渴求这种务实且不断追求卓越的人，于是，经过专业考核后，他很快成为我们的同事。

其实，那些热衷于抱怨不公平的人，也许只是在逃避自己的本职工作，想要在自己以外找到一个依靠，来替自己承担责任。而工作尽职尽责、专心投入的人，就算身处不公之中，眼里也流转着喜乐的光芒。

“聪明”的人时常忘了：**人生之幸，生命之乐，并非来自**

抢夺多少、拥有多少，而是来自你拥有真正热爱的人和事。而追逐虚名和短利的人，便再也没有真实的热爱，就算得到些什么，也并不会增加内心的平安与喜乐。

一个平安又喜乐的人总是一无所缺的样子，本来就很容易满足。所以，他们究竟是因为专注才不觉得精神匮乏呢？还是因为精神不匮乏而能够保持专注呢？

哈！每每看到像上面那样的人，我就感到无比快乐！我想，世界是不公平的，不过，在每个人心里的平安与否、喜乐与否，真是公平啊！

常常会听到有人问“如何获得幸福”，但我认为，更好的问题是“什么是幸福”。

那位快递小哥给人一种会大有前途的感觉，但我认为他已经在每一天的工作中获得了嘉奖，而不是在等着自己的付出在某一个不确定的未来才可以得到嘉奖。此刻所做的一切本身就是享受，工作本身也是嘉奖。

那位家政阿姨，在听她跟我分享的过往中，即便遇到挑战，她和我一致地认为那并不是需要被丢弃的悲惨过去，而更像是理所应当的必经之路，是对幸福的另一番诠释。

和我们共事的工程师，他以对技术精益求精的态度赢得人们的信任，这足以说明他的价值和能力。

人们总是把逆境想得很可怕，想要尽快摆脱逆境，但真正懂得幸福真谛的人，不管身处何种境地，都会享受当下的每一天。**努力不是一味地“打鸡血”的状态，更像是一种丰盈的、**

有方向的、持续地向上与向前走的状态。

比起不能尽心尽力好好生活的人，生活态度积极的人看起来更随和、更自信，因为持续稳定地安排好自己的生活，这种状态本身就会带给人更多价值感和满足感。**人对自己满意的时候，对世界也会释放更多的善意。**

世人热衷于以自以为精明的手段，抢夺那些会朽坏的财宝、虚名，殊不知最珍贵的藏于人心的财宝，却只赠予那些像孩子般纯粹的人。他们不争不抢，却无一所缺，他们被和他们一样的人所爱，他们像珍宝一样闪闪发光。

是啊，生命的美意，本是如此！

感恩那些度你的人

Part — 3

THE
VANGUARD
JAZZ ORCHESTRA

♦ 好的沟通提升幸福感

1

Charles 生于一个幸福的家庭，他拥有疼爱他的外公外婆，尊重并理解他的父母。

在良好的家庭氛围中长大，他的内心坦荡，没有内耗，做事专注、纯粹。他从小成绩就好，从来没上过补习班，是典型的“别人家的孩子”，从中学开始就通过给邻居家的小孩补习功课来赚零花钱，是从美国西北大学毕业的硕士研究生。除此之外，他还有一位“学霸”弟弟，是从斯坦福大学毕业的博士研究生。

虽说有两位“学霸”，但他的家庭并没有紧张的“鸡娃”氛围，一家人坐在一起，总能轻松地畅谈各自生活中有趣的事情。

有时候，我会问婆婆，如何成功地教育孩子，她总说“我没做什么，是他们自己优秀”。我本想请教一些她教育孩子的秘诀，貌似没门儿。不过，婆婆每次在报纸或网站上看到有合适的书都会推荐给我，推荐时也是简单的一句话：“这本书看起来好像很有意思，试看看呗。”

Charles 的外婆也一直有阅读的习惯，每次见面送我的礼物里一定有书，我们去台北时，她总喜欢带我们去逛各式各样的书店。

我的公公婆婆向来不觉得要传授什么秘诀给他们的下一代，他们相信下一代有适合自己的学习和生活方式，他们谈到晚辈时，说得最多的一个词就是尊重。

经过十年的相处，我不得不说：这是一个相亲相爱的幸福家庭。Charles 的长辈根本不在意用什么方式去教育孩子，他们在乎的是家庭成员之间的关系，他们会用心记住每一位家庭成员说过的话，在每一次聊天中，能准确地说出各自关心的人名和与之相关的事。他们关注的焦点并不是如何提高孩子的成绩，成绩好像是和谐关系里非常自然而然的东西。

有一次，我问 Charles：“你和你的弟弟为什么学习成绩都那么好？”

他说：“学习很容易啊。”真是羡慕！

日子久了，我慢慢就明白了：一个和谐、积极的家庭，可以养育出积极面对人生且有创造力的孩子。所以，每次和别人谈到孩子的教育问题时，我的公婆总是说：“父母不要盯着孩子的问题，如果出了问题就认为是孩子的，这是在推卸责任，不如先想想自己在家里都做了些什么。”

和谐互爱的家庭是滋养孩子的避风港，父母以身作则胜过万句金玉良言。爱的关系可以很具体地体现在家庭成员间的对话中，而这些沟通的习惯是可以传承的。

Charles 的外公外婆便是整个家族的榜样。他们面对人生的态度又乐观又积极，给子孙的感觉是他们很相爱，就算是互怼的时候也听得出其中的爱意。特别是外婆，她的沟通方式很容易获得别人的信任和喜爱，没有对晚辈的说教，很接地气，连我刚认识 Charles 的家人，对一切还感到陌生的时候，每次跟外婆讲话都会觉得轻松且愉悦。

Charles 爸爸妈妈之间的关系也很融洽，他们互相关心，认真地聆听彼此讲话，我分享的事情他们几乎都能记得清清楚楚，每次聊天还会主动问起上次聊过的细节，让我这个新媳妇在刚进入这个大家庭时就感受到了家的温暖。

可见，家庭内部如果总是保持着良性沟通、彼此关心，会让人感觉血脉都被疏通了，可以避免很多内耗，或者说不会制造内耗，能让人更专注地做自己喜欢的事。

很开心，我从 Charles 和他的家人身上学到很多有用的沟通技巧，或者说是他们之间爱的艺术。

2

通常人在顺遂的日子里更容易说些甜言蜜语，在压力或负面情绪中很难好好说话。所以，人们在恋爱时你侬我侬，情意绵长，进入婚姻后，尤其当承受的压力越来越沉大时，对伴侣的态度就很容易变得鲁莽、急躁。但我从 Charles 的家庭中感受到完全相反的氛围——他们在遭遇困难时，更能成为对方的后盾，在压力之下，家庭成员也总能清楚地表达出自己究竟要什么。通过积极的沟通，即使在重大压力下或负面情绪中，每个人也能尽快整理出有益的思路去克服困难。

那么，在感到忧伤、难过时，如何通过积极沟通化解矛盾，让夫妻双方都感觉更好呢？关于这一点，我并非生来就懂，从那些幸福的夫妻和 Charles 及他的家人身上学到了不少，现在我的小家庭里也流淌着这样和谐互爱的氛围。

那么就以我和 Charles 的沟通举例吧。

当我难过时，怎样沟通会能令彼此的感受都好一点呢？

1. 认可对方的价值。

“很感谢你出现在我的生命里，当我不开心的时候，看到你就会觉得好很多。”

2. 表达自己的感受。

“我现在很难过。”

3. 表达自己的需要并为需要设时间界限。

“我现在很需要一些专注的陪伴，我知道你还有很多工作要做，给我半个小时，如果你愿意这么做，我会很感激。”

4. 不带指责、开放探索式地说出引起自己感受不佳的原因。

“昨天我遇到一件压力很大的事，甚至晚上还做了噩梦，早上跟你讲的时候希望能得到你的关心，但是你忙着去工作，没有给我回应。那一刻，我觉得更难过了。我知道这不代表你不关心我，我也能理解你要去做自己的事，只是在我脆弱的时候，真的需要你的帮助。”

5. 让对方知道如何具体帮助到你。

“你现在可以抱抱我吗？让你的爱把我心里的不安都驱散，我很喜欢窝在你怀里的感觉。我想跟你讲讲我的压力，如果有让你感到不舒服的地方可以提醒我，我只是想把压在心里的感受讲出来……”

6. 表达感激。

“我会记得在难过的时候你为我做的事，谢谢你，我现在觉得好多了。”

3

上面是我和 Charles 相处时常常会用到的一些沟通句式，他对我、我对他，都是用这些差不多的互动方式。这不是一个标准模板，而是建立在我们对彼此了解的基础上的，能让双方都感到温暖受用的，一种良性的互动习惯。

每一段亲密关系都是不同的，所以需要当事人善于观察、了解和总结。任何关系都需要用心了解自己和对方的沟通习惯，正如那句经典名言，“你希望他人怎么待你，你就怎样待他人”。当然，前提是不要委曲求全，得先学会尊重自己的真实感受。

很多人在生气时总会连珠炮似的讲很多话，还没搞清楚自己到底要什么就着急开口，别人自然也听不懂你的重点，只能感受到了扑面而来的负面情绪。当人被另一个人的情绪影响时会随之进入应激模式，是很难冷静下来进行思考的，这样的沟通结果自然不会太好。

沟通的目的不是宣泄内心的情绪，如果是以宣泄负面情绪的方式去沟通，必定是“沟而不通”；而是要找到一个不伤及对方，又能准确解决自己内心需要的方式进行表达；如果语言无法做到，可以用温柔的肢体语言和安静的陪伴来代替。

沟通的方式有很多，适合彼此的才是最好的。尝试着进行换位思考，用对方能听懂的方式去满足对方的期待，那就是双赢的沟通。如果一条路暂时走不通，可以换条路再试试，但永远不要放弃沟通，不要放弃彼此的爱。

好的沟通之所以带给人美好的感受，并不是沟通的内容本身具有治愈力，而是在沟通过程中，我们渴望得到的温存和关注，这令我们确信自己是珍贵的，这份被珍视的感受能治愈人心。

当我们感到忧伤、难过时，不要忘了，对方也处于这种情绪带来的压力之下，所以我们在表达情感需要的同时，也要不断地把这种温存、信任和感激传递给对方。良好的沟通是由双方共同建立的，如果只有一个人在努力尝试，另一方很容易陷入脆弱无力中，除非对方有别的途径去解决内心的沮丧。

不要小瞧积极的沟通，即使在面对危机时，它依然可以加深两人之间的关系。

外婆的人间值得

1

前些年，外婆失去了挚爱的伴侣。

外公不幸患了失智症，进阶性地发展了几年，那几年外婆一直独自照顾他。倒不是儿孙不愿意照顾，老人家坚持“老公是我的，照顾他是我的乐趣，谁也别跟我抢”，晚辈也只能借着带二老出去吃冰激凌、远足、观展、看电影等机会提供照顾。

儿孙去看望的次数太频繁，还会被外婆怼：为什么总来打扰我们的二人世界？

外婆买了个小黑板在家教外公认字、认照片、认地图，每天倒是过得充实而有趣。那几年时间可不短，起码在我们眼里不算短，可外婆愣是兴致勃勃地陪着外公，还储备了一箩筐的搞笑段子讲给我们听。

外公年轻时是一位商船船长，在外奔波了三十余年，一年到头难得回家一两次，大部分时间要么漂泊在茫茫大海上，要么停靠在陌生国家的港口，直到有了孙子、孙女后才终于停下来。

这份工作虽然带来了丰厚的报酬，却让外公和家人难以团聚，这是外公心里最大的遗憾。幸好有外婆在家照看孩子，倒也把日子过得很滋润。

外公和外婆虽然聚少离多，感情却很好。外婆开朗，外公内敛；一个是家里的开心果，一个是稳住家庭的定海神针。难得的团聚时光，他们总是格外珍惜，别看他们常常假意互怼，制造出一副要吵架的假象，但只能他们说对方，别人可说不得。假若晚辈敢在人前对他们的另一半说出不敬的话，可都是要倒大霉的。在这个家里，很多错误都可以被包容，唯独这一点，每个孩子都规规矩矩地遵守着，不敢造次。

每次聊起他们的恋爱经历，两个人就非常骄傲地说："我们俩是自由恋爱在一起的。"哈哈！那个年代，自由恋爱可不多见啊，的确是挺值得骄傲的。

2

外公被外婆照顾得很周全，可谁料一场感冒引发了肺炎，外公终究还是离开了。那阵子，全家人都很揪心，我们晚辈之间一开口就会流泪。是悲伤吗？也不全是，更多的是舍不得和思念……

在外公的追思礼上，外婆亲自弹琴、歌唱，为外公送行，一首接一首，都是他们最喜欢的歌曲，连场馆的工作人员都被感动了。外婆也在祷告室里大哭了一场，其他时候，她都在安慰身边的人。

送走外公后，亲人们也要回归各自的生活，我们都很担心外婆，只好更频繁地给她打电话，或是飞去台北陪她，但都不敢多说什么，不愿主动提及引发悲伤的事。

旁的人左右为难，外婆倒是很自然地生活着。我曾陪外婆去墓地看过外公几次，每次她也会落泪，但沉默无声的时候居多……我陪在外婆身旁，搂着她的肩，真是瘦小啊，不知道的人单听她说话和笑声，那么爽朗有力，还以为得是多大个身躯呢。

后来，我们小心翼翼地提到外公，外婆却不避讳，生动、形象地讲起外公的事，或伤心落泪，或开怀大笑，那语气倒像是外公还活着。久而久之，这个话题在晚辈中便不再是忌讳了，我们可以坦然地思念，坦然地哭，坦然地笑，就像外公还活着的时候一样。

3

和外婆在一起时，常常会很感动，那种很纯粹、很清澈的感动，无关悲欢，只因沉醉于美好。我很喜欢跟外婆聊天，听她讲那些又酷炫又刺激的人生经历，讲她和外公的爱情故事。

外婆虽出生于大户人家，但在那个动荡的年代仍不可避免地经历了人生苦难：父母婚姻破碎，母亲过世；婚后长达二三十年几乎独自操持家务，独自应对家中老人离世，曾在照料家人时累得重病不起；直到外公退休，他们才终于过上一段美满的好日子，可是好景不长，外公生病过世……但这些跌宕起伏的故事从她的口里说出来，都是快乐又离奇的。

人世间，每个人都会经历或多或少、或大或小的悲伤，**有些人的悲伤像个黑洞，似乎要把周遭的人一同拖入深渊；有些人的悲伤却像温润的水，即便是从他人的生命里流过，也不会带来伤痕，反倒润泽了生命。**

是什么导致了这样的差别呢?

我曾就这个话题跟外婆有过一些讨论，她的意思大致如下:

当我年幼无知时，总是思索自己的重要性，觉得解决了当下的问题就不会再有问题了，后来才发现，原来人生就是不断地面对新的问题。

随着年纪增长，我每天闭上眼却总是记不清自己的模样。活了快九十岁，却摸不准自己的脸长什么样，做梦都看不清楚，却可以清楚地记得别人的模样；人活一世，再能干，看得清别人，终究是看不清自己。

有一天，我就想，这会不会是上天给人的启示呢?因为我是看不清自己的，与其过于纠结在自己身上，不如放眼向外看。看看宇宙的奇妙是怎么降临在每个人生命里的吧！于是那天我试着向外看。看到了一年难回几次家的你外公，虽然我没有上过他的商船，虽然大家都尊敬他、爱戴他，我却看到了他面对茫茫大海的孤单和无助；然后，我看到了年幼的孩子们，他们空白的生命如果得不到爱的供养，就只能被迷茫和困惑所填满；看到了隔壁的邻居；看到了楼下商铺的老板；看到了过路的行人……

当我看到越来越多的人，不再只看着自己的时候，对生活各种不满的忧愁就被释放了。

因为我还有很多的事要去做呢，为什么要被一件永远摸不准的事给绑住了？我的世界很宽广，光是在家里就足够宽广了，我要见证这个家里每个人的生命路径。我不一定能影响身边人，也不想去改变谁。但我想真实地体会在有生之年感受到的一切，也忠实地见证这一切。

“这样，我虽然年纪老迈，心灵却轻巧。经历悲伤的时候，我觉得真好；经历欢喜的时候，也觉得真好。我可以开怀大笑，流泪的时候也不觉得羞耻。再也没有比不再为自己挣扎更好的事了。”

♦ 感恩那些度你的人

“患难产生忍耐，忍耐产生毅力，毅力产生盼望，盼望是不会令人蒙羞的。”这是《罗马书》里的一段话，我非常喜欢。

一般来说，人的本性会排斥患难，喜欢顺利。所以，我们喜欢祝福别人“顺风顺水顺财神”，可人的一生不可避免地会遭遇苦难，人有生老病死，世界也有不公不义，我们并非活在乌托邦里，就连我们自己也并不能总是符合期待。

儿时的我所追求的幸福，来自童话故事和电视剧，所以越长大越不快乐，因为那样的幸福不是真实的，现在的我不再追逐虚无的平安和慰藉。

我还认为，磨难不见得都是坏的，它只是会随机造访。如果它来了，就接受它已发生的事实。在患难中，人往往越挣扎越无力，心思也跟着乱了；有时候甘心忍耐，反而有助于我们冷静下来，变得清醒，慢慢找到一条新的道路。

当一个人身处困境中依然能够享受到生命的喜悦，他才是真的自由。

二十三岁之前的我，像一只被困在玻璃瓶中的苍蝇，隔着玻璃看见外面阳光灿烂，却怎么也飞不出去。我不知道怎么改变当时的处境，也不知道向谁求助，QQ 空间常年挂着一句话，“这个世界不符合我的理想”；我也一度认为自己来错了地方，跌跌撞撞地向前冲，不仅把自己撞得伤痕累累，也伤及他人——那时候的我对未来是没有盼望的。

二十三岁以后我遇到了光，先是遇见了天使般的长辈，成为影响我一生的忘年之交，人生从此有了榜样；再是坚定了心中的信念，生命就此扎了根；后来又遇见 Charles，他把他充满爱意的家人带进我的生命，也医治了我心中来自童年的创伤。

我不知道是不是每个人都能遇见榜样，如果你还没有遇见，希望通过我讲述的这两位长辈和我公婆的故事，也能治愈你的心灵。

1

第一位是 L 老师。

他的个头不算很高，长得很像香港 TVB 的一位演员，年龄和我的父亲相仿。他初次出现时，就以他不可掩盖的亲和力、灿烂的笑容和一口地道的广东口音吸引了我的注意，因为我从小爱看 TVB 的电视剧，身边忽然出现了一个好像从电视剧里走出来的人，觉得十分新奇。

那时我刚出院，正在为筹备一场异常艰难的义演而四处奔波——坐在轮椅上或被亲人好友背在背上，是我当时的出行常态。那天，我原本没打算入住旅店，奈何天色已暗，只好就近找个旅店住下。我们便在那里相遇了。

当我看见 L 老师时，也许是被他散发出来的喜乐气息所吸引，一袭大长裙遮住假肢，尽管行动不便，我还是不由自主地划着轮椅向他靠近：“你好，你们是来帮助灾民的吗？”这是我对他说的第一句话。

几个月后他告诉我，当时他并不确定我究竟是一位伤者，还是一个女骗子。听到他这么说，我忍不住大笑起来。回想我们初次相识的场景，我的行为举止确实显得可疑。我先主动上前打招呼，接着问他们第二天打算去哪里，当他们回答“汉旺镇”时，我马上说“我就是汉旺镇人，可以为你们做导游”，然后我又主动向他们要了联系方式。而最可疑的一点，是年纪轻轻就坐在轮椅上的女孩，却笑得一脸灿烂，一点都不像大家印象中常见的“伤残人士”。

虽然他们觉得我很可疑，但并没有因此而收起礼貌友善的态度，L 老师说：“不好意思问你什么，过了好一段时间，我们在电视上看见你跳舞的视频，才知道你真的没有腿了。”

虽然相识之初如此充满戏剧性，但 L 老师从未因此而表现出高傲和无礼，他一直温和、耐心地解答我的提问。

第二年，L 老师代表所在机构再次和我联系，说要带我去加拿大换一双更好的假肢，我接到消息时真的很开心，并不是因为有人要送我一对假肢，而是又要和这些像天使一样温柔诚恳的朋友见面了。是的，我在乎和这群朋友的友谊远远多过可以从中得到什么，甚至我从未想过自己要从这份友谊中有所得，因为这份友谊已经是我能得到的最珍贵的礼物了。

那次旅程中，L 老师全程陪着我，下飞机之前，他偷偷塞给我几百加币，并叮嘱我：“不用跟其他人说，你一个人在外面，万一有不方便的地方，拿这些钱可以去买一些女生需要的东西。”那一刻，我觉得他好像是我的父亲。后来才知道，他吃穿都很简朴，也不是什么有钱人，但他仍愿意把自己拥有的分享给更有需要的人。

到加拿大后，为了方便照顾我，机构安排我们住在同一家旅馆。我有时需要去他的房间借电脑给亲人、朋友打视频电话，每次他都会友善地邀请我进去，然后起身站在房间门外，等我打完电话再进来。因为他不想让我感到不安或没有隐私空间。作为长辈，他在晚辈面前展现出得体的举止与合宜的尊重。这让我很感动。

每天早晨，L 老师会准时在七点钟敲门邀请我去吃早餐，有时候我会不乐意，因为还想睡懒觉呢！但耐不住他和蔼可亲的态度和每天雷打不动的邀请。每次吃早餐前，他会用带着浓重的广东口音的普通话问我：“柳（廖智），离尽天有什么想由感恩的系啊（廖智，你今天有什么想要感恩的事呀）？”有时候我还没睡醒，就会在心里嘀咕：如果明天你没有一大早来叫我吃早餐，我就真的有感恩的事了。

有时候，我对他的邀请应付了事，但他似乎从来都不会因此而不开心。慢慢地，我改掉了睡懒觉的习惯，越来越能享受早起，坐在餐桌前，心情也变得越来越好。我的父亲跟我交流得不多，对我也比较纵容，给我自由的同时，也让我养成了散漫的习惯。但在L老师身上，我懂得了，自律也是一种幸福。

有一次，L老师很高兴地告诉我："我在旅馆周围闲逛时，发现附近有一座湖，那里很安静，很美，我一定要找时间带你去走走。"他的神色好像一个孩子，为了一件很小的事就如此兴奋、快乐。这改变了我对年长者的认知。过去，我总觉得年长者都是刻板无聊、老气横秋的，他让我知道了，原来生命力和活力未必会随着年龄的增长而消失。

在更换假肢时，我们遇到了很多挑战，最大的挑战是，不管怎么调试，我始终觉得不适和胀痛，一直到离开加拿大当天还只能坐在轮椅上，每次站起来三五分钟就会觉得胀痛难耐。为此，L老师感到十分忧虑，因为我离开的日子将近，他担心我这次受邀出国安装假肢失败。甚至找到我的假肢工程师学习如何调试假肢，不过搞得满头大汗也没有什么进展。记得有一次，他自言自语地说："看来廖智好需要一个可以常常在身边帮她调试假肢的人啊。"

虽然假肢让我感到胀痛、不适，但我一点都不担心，因为我觉得这不太重要，不舒服迟早可以克服，我更愿意尽情地享受和加拿大的朋友相处的时光。的确，我回国后，经过几个月持续不断地锻炼和适应，逐渐就可以驾驭这副假肢了。

后来，签证时间到了，我要穿着这对新的还没有完全适应的假肢回国。在机场，我拥抱了机构的每一位工作人员，并和他们一一告别，我忍不住哭了，感觉十分不舍。

我一直以为L老师是个家庭幸福美满、人生顺利的人，因为他总是一副喜乐感恩的模样，直到第二年我再次收到他们机构的邀请，赴香港和加拿大演出时，才改变了这个看法。

那次出行仍是由他全程陪同，休息日的一天，他带着所有成员一起外出逛街。在一个商场门口等候其他人时，只剩下我们俩，我发现他望着街头哭了。

就是在那天，我才知道，原来L老师人生中第一次去四川，是为了逃避家庭的变故，他简短地说出家中发生的事，我安静地听着，也跟着哭了。我不知道应该如何回应，也没有说出任何可以安慰他的话，只是任眼泪汩汩地淌下来。

我的内心大受震撼，为什么一个陷入悲伤的人，竟然可以去到四川帮助受灾的人？我想到遇见他后的日日夜夜，他的笑容，他专心祈祷的模样，还有和我说过的那些幽默又有趣的事，给予我和其他人的关怀和鼓励……他几乎骗过我，让我一直以为他是个从未受过伤的人。

就是在那一刻，我才知道，不是这样的，一个温柔地对待这个世界的人，不代表他就是温室里的花朵，他可能正在承受着严重的伤痛，只是在伤痛中他依然选择了付出爱。

L老师使我看到一种关于生命的自由——我可以负伤，可我仍是完整的自己，拥有完整地付出爱和接受爱的能力。

他曾给我读过一个故事：一个叫但以理的人，这个人和他的朋友们因为要坚持心中的信仰，被扔进火窑里，当他们从火窑出来的时候竟毫发无损，是他们所抱持的信心使他们经火而不被伤害。

我当时正处于情绪的低谷，L老师用这个故事安慰我，他说：“廖智，你知道吗？你正拥有这样的力量，在你的心里。”我在心里说：“是的，我信。”因为这也是他活出来的生命。

现在，L老师已成为我生命中如亲人般的良师益友，他教会我很多做人做事的道理，还曾为我祈祷，希望我遇到一个年轻强壮、可以帮我做假肢、帮我做演讲翻译的另一半；幸运的是，在一两年后，我真的遇到了那个值得我相守一生的伴侣，而他真的年轻强壮，帮我做了好几对假肢，也常常在我出国演讲的时候，做我的专属翻译——这些祈祷都成真了！

我和Charles结婚那年，我带着他去加拿大请L老师为我们做证婚人。看，L老师不仅是我的良师益友，也成为Charles和我们的孩子共同关心和牵挂的人。

每当我因爱受伤而陷入对人性和自我的怀疑时，一想到L老师，就像看见了一种应许：如果世界上有这样的人，可以不被罪恶和痛苦压伤，他背负着人生的十字架却仍然站在天地间翩翩起舞，那么我也可以。如果我可以，那么，你也可以。

2

第二位，是李先生。

在我更年轻一些的时候，也会随波逐流说一些闲言碎语，对他人的八卦表现出某种“幸灾乐祸”。说出些未经谨慎思考的话，所以也常常得罪人。但那时不觉得有什么大不了，还认为自己很直率、真性情。

十几年前，我认识L老师的同时，还认识了李先生，L老师当时在一个慈善机构工作，而李先生是这个慈善机构的负责人。李先生的性格和L老师很不一样，他的话不多，相比L老师的感性和号召力，李先生更加理性和低调。他们两个人虽性格不同，却也是很要好的朋友，分工合作十分默契，常常给彼此加油打气，也会在我面前开玩笑彼此逗乐。

如果说L老师从心灵深处带给我安慰和力量，那么李先生从实际生活的待人接物中教会我很多重要的事。我的生命也在这些事件的影响下，慢慢开始改变。

有一次，我和李先生一同去机场办理登机手续，当天的柜台地勤是一位不太礼貌的女士，她在登机牌上打错了字母（李先生使用护照入境，登机牌上的名字是英文），李先生非常礼貌地提醒她，登机牌上的字母写错了。

柜台内的女士却突然爆发出令人难以理解的怒气，情绪激烈，并且口中还不停地抱怨。很明显，她觉得这个看上去淳朴憨厚的男人给她添了麻烦，不仅满脸嫌弃，还说了一些无礼的话——倒忘了这个错是她自己犯的。

当时我在李先生身后，坐在轮椅上，见到对方这样的言行十分愤怒，恨不得从轮椅上跳起来跟她大吵一架。因为李先生是我十分尊敬的长辈。

对方屡次说出冒犯的怨言，我心里愤愤不平，暗暗酝酿着该怎么怼回去。

李先生显然也被她忽然发作的情绪和无礼的态度吓了一跳，表情怔住几秒钟，但仍然耐心地讲解，拿出自己的证件一个字一个字地核对给对方听，指出问题所在，全程的态度非常温和，半点不耐烦的表情都没有。我在旁看着更是生气，德高望重的长辈此举在我这个愣头青眼里看着着实卑微、委屈。

李先生在其居住地是一位备受尊敬、有名望、也有社会地位的商界人士，因为成立基金会，常年帮助广西省和四川省的贫困学子，不时地往来奔波。作为基金会的董事，他既参与这些细碎的工作（我当时是该基金会的受助者，他亲自陪同我四处走访），还捐出不少钱，往来各地的路费都是他自己承担。他帮助了许许多多的人，包括我在内。

我非常尊敬他，他每次在基金会活动上发言时，说出的每句话都掷地有声，每一句呼吁、倡导、分享，都令人肃然起敬。

只不过，出于为受助者着想，他出行总是低调简朴，待人随和，不想给他人造成心理压力。也许在一些人眼里，他就是个憨厚而平凡的大叔罢了。我真想替他凶上几句，但每次我才刚开口，他就笑着对我说："没问题，我们可以办好的，不着急。"

出于礼貌，我也不好发作了，真是替他鸣不平！

后来总算是办好了，那位女士到最后也没有道歉。李先生还跟她说了"谢谢"，便带着我一起去登机了。

登机后，我们在飞机上共度了十几个小时，其间，他拿出巧克力给我吃，我心里还在郁闷，就懒懒地回答："我不喜欢吃。"

李先生哈哈大笑，开导我："每个人都可以选择成为自己想成为的样子，人说出来的话不代表事实，只能代表他自己。"

那一刻，这个年龄和我的父亲相仿、笑容却像孩童般的人，真的浑身都在发光。

是啊，一个人对他人的评价，不能代表被评论之人真的如他所说，但他说的每句话却真实地表达了他自己是个什么样的人。苛责的人说出苛责的话，阴暗的人说出阴暗的话，势利小人说出势利之语，慷慨的人说出包容的话，真诚的人说出诚恳之词，温暖的人说出友善的话语……

所以，面对他人的恶意，我们可以选择远离，如果实在不能远离，就按照内心的尺子高贵地面对。但无论何时，我们要谨慎地对待自己所说出的话，因为那代表了我们自己。

李先生睡了一觉，醒来拿起巧克力，发现袋子都空了。他问："我的巧克力呢？"

"被我吃完了。"

"我再也不相信女生说的话了。"

"哈哈哈……"

如果要去写这两位先生的故事，可能要另写一本书了，对L老师，我按照时间线做了一个简单的梳理，而李先生则选取了我们相处的一个小片段来描写他的特质。他们虽然性格完全不同，却同样拥有爱心，并且以自己的方式践行的人生之路。

拥有榜样是一件幸福的事，我生命中很多人的身上都有闪闪发光的地方，因篇幅所限，只能稍举二例；我是幸运的，可同时不得不说，有一双可以发现闪光点的眼睛也是不可或缺的。

L老师和李先生一生中遇到过很多人，在这些微小的事上，是不是每个和他们相处的人都能受到正面积极的影响呢？我相信并非如此，因为我也曾听到一些对他们的质疑和抱怨的声音。

如果我们不具备单纯的信赖，和发现他人优点的眼睛，那么我们从这个人的生命中经过，就只能留下一肚子怀疑和怨气；只有当我们愿意放下怀疑，以诚挚纯粹之心回应他人的善意，才能看见他人的优点，并把这份恩情记挂在心，人生才会变得辽阔而轻省。

愿你的人生能遇见天使，也愿你有识别天使的眼睛和珍惜情谊的智慧。

3

再来写写我的公公婆婆吧。

虽然因地域之隔，我们不能时常见面，但我对他们的爱一年胜过一年，爱是空间和时间都无法隔阻的。有了孩子以后，公婆常以“爷爷奶奶”自称，可我每次发消息还是习惯性地写“爸爸妈妈”，因为这是对我而言更直接的亲密关系。和排斥婚姻的人不同，我觉得婚后我的生活反而变得更加幸福了，除了亲生父母的爱，又多了一对爸妈的疼爱。

我还清晰地记得第一次见到公婆时的画面。

那时候，我在夏洛特参加一个演出，公婆开车十二个小时，从纽约到夏洛特来见我。因为是初次见面，又没有 Charles 的陪伴，我的内心感到很忐忑。当时，我住在一户本地人家里，就在客厅和楼上跑来跑去，似乎是在准备什么，但又什么都没准备。女主人都忍不住笑我，初次见未来的公婆未免太紧张了，她一直安慰我，让我放轻松。

当门铃响起时，屋主先走到门口开门，等我跑到门口时，看见了一对身材高挑秀雅，举手投足间淡然又随和的爱侣，他们正用流利的英文和屋主打招呼。我感到有一丝恍惚，心想“这是 Charles 的爸妈吗？看起来也太年轻了吧”，有些不敢相信，却已经亲切地叫出了“叔叔阿姨”，他们便走过来给了我温暖的拥抱。

进屋前，公公回到车前从后备厢拿了两大盒巧克力给我，而婆婆给了我在家自制的麻辣小鱼干，他们说：“Charles 说你爱吃。”

我开心地接受了这些礼物，心里想的却是：该死，第一次见面，Charles 居然打电话跟爸妈说我喜欢吃巧克力和辣椒，我可不想让长辈觉得我是个贪吃鬼！

随后，他们约我去咖啡厅坐坐。到达温馨的咖啡厅后，他们不问我的过去，不问我的现在，只是开心地和我分享 Charles 小时候的趣事，一桩一件听得我大笑不止。然后，他们又认真地听我讲述对“残健共融”的畅想，虽然那时候的想法都还不成熟，他们却仔细地聆听，还笑得很开怀。

而我印象最深的一段对话，是在听到他们讲起孩子们的懂事和成熟时，我说：“你们真的很棒，养育出两个这么优秀的儿子。”

公公立刻回应：“那都是妈妈的功劳，我没有做什么，妈妈很有智慧，做全职妈妈很难的，但妈妈做得很棒。”

婆婆却说：“哪有，是爸爸辛苦地工作，对家庭负责任，让我们没有生活的忧虑，我们才有这么幸福的生活啊，爸爸为家庭付出了很多。”

他们说话的时候，作为旁观者的我感受到他们浓浓的深情……最后他们的总结是：“是两个儿子自己优秀，我们也没做什么。”

那一刻，我心里很感动，夫妻之间爱的维系难道不正是要拥有一双看得见对方付出的眼睛吗？我见过太多互相抱怨和给自己揽功的夫妻，却第一次见到这样感恩对方的夫妻。果然，智慧的人口吐恩言，愚昧的人满口抱怨。喝一次咖啡，公婆便通过这些小事向我展示了他们的智慧。

第二天晚上，我要作为表演嘉宾和一位当地的舞者共舞，公公婆婆到候场室外看我，那正是我最紧张的时候，他们问我准备得怎么样，我说：“差不多了，只是有点紧张。”

他们便从容地把我拥抱到怀里，没有半分犹豫，说：“没问题的，我们在台下支持你。”

演出结束后，婆婆上前送给我一束花，由衷地说：“你在舞台上美得像花仙子。”

此后这些年，我提及过的每一个人名，他们都记得，虽然因为距离的缘故不能经常相见，每次相见都还会问起：“你那个××朋友，现在怎样了？”

爱屋及乌真是要用心才能做到的事。

我对公公非常爱戴，虽然跟他单独相处的机会不多，但是每次看到他温柔地保护婆婆，处处考虑婆婆的感受，坚定地认可婆婆对家庭的贡献和价值，谦和包容地接纳婆婆的一切意见，婆婆做饭时他甘之如饴地切菜洗碗……我都会感受到深深的爱，尽管这份爱是给婆婆的。但我明白，这是一个男人爱自己家庭的方式，他把最好的都给了这个家庭，这份爱就像定海神针一样，只要牢牢地扎根在那里，整个家庭都能感受到安全和稳定。

一位丈夫对妻子不可摇动的爱，就是对整个家庭的祝福和爱了，这份爱无形地影响着身边的人，祝福着儿孙。

每次我感受到 Charles 的温柔与爱时，我知道这份爱里也是带着公公的影响的。

接下来，还想单独说说我的婆婆。

我和婆婆之间是有爱的。

她大学时期是法语系的才女，后来遇到爱打篮球、阳光帅气的公公，两个人就坠入爱河了。她大学毕业后找到了一份很棒的工作，生了两个娃后，为了家庭稳定便辞职做了全职太太。

公公因为工作能力出色，被公司派遣，辗转好几个城市乃至国家工作和生活。婆婆很满足地跟我说："我们一家无论到走到哪里，都会认认真真地过日子，该置办的东西一样都不少，需要手工制作的就一齐完成，该有的乐趣都不缺，我很享受这个家。"

老实说，我很少听到谁发自内心地说她真的享受自己的家。

在 Charles 和他弟弟身上，我看到了同样的满足。他们虽然都是有抱负的人，却从来不觉得为了理想就要牺牲家庭，相反，他们都认为家庭是理想的灵感促进剂，能帮助一个人更有底气地去面对世界。如果一定要做让步，那也应该暂时搁置理想，优先建立家庭。

我和 Charles 有了孩子之后，新手爸妈的焦虑在他的脸上完全看不见，除了月子期间他总是半夜把我摇醒问“女儿床上没有声音，是不是没有呼吸了”（让我想爆捶他）以外，他在面对任何突发情况时，都是一副满足的样子。

我觉得他很厉害。因为在孩子生病时、搬家时、家里发生大变动时，我很紧张、焦虑，每当我接近崩溃时，看到 Charles 悠然自得的模样，都会怀疑我俩是不是处在同一个世界。他能抱着生病的孩子在床上坐一夜，一个人搞定几十箱搬家的行李，为新的办公室购置烦琐、零碎的大小物件……整个过程中有条不紊，毫不焦躁。

其实看看婆婆，我就懂了，再看看我婆婆的妈妈（外婆），就更懂了。

这两个女人都是全职太太，却相当独立。

精神上，她们有订购杂志的习惯，保持了几十年，热爱阅读人物传记，有书写和整理的能力；情感上，她们很擅长跟家人沟通，不轻易给家人提建议，更擅长给家人鼓励；生活上，她们总能找到适合自己的活动，学画画、学手工、学缝纫、学厨艺等等。

外婆能在八十几岁时，独自照顾患病的外公长达几年时间，她每天在家教外公重新认字、认照片，不愿委托于人，称其为“老人的乐趣”。

而婆婆在育儿期间，还为好几本书籍做了中文翻译，似乎生儿育女是水到渠成，不费工夫的事。

因为她们不把发生的事当作是负担，事情来了就去面对，所以他们的孩子也是如此。“不就是事情来了吗？我们去整理清楚就好了。”这是 Charles 常说的话。

谈到补习班，婆婆说：“我家的孩子从来不上补习班。”

我说：“双双被藤校录取，真是妈妈教育有方，想请妈妈来给我们年轻的妈妈上课。”

婆婆说：“不，跟我无关，他们天生擅长学习，我就让他们自由发展。”

在婆婆眼中，孩子不应被世俗评价和潮流所局限，孩子能够成为自己，又活得快乐，做妈妈的就算得上是称职的母亲了。

另外还有一个原因，她偷偷跟我说：“我提醒自己，千万别去教别人怎么做母亲，做母亲是恩赐，是体验，不是一项技能。我们珍惜这个体验，尽情享受就够了。”

有一阵子，Charles 的工作太忙，我很心疼，担心他的身体吃不消，就写信跟婆婆说了这件事。婆婆洋洋洒洒地写了一大篇回信安慰我，大意是：“Charles 为家庭付出，身体虽然累，心灵却轻快，有妻子体贴、爱惜，足矣。他还年轻，正是拼搏的时候，他有自制力，勿忧心。你要快乐度日，尽情享受夫妻情谊，爱你。”

这就是我智慧的婆婆，总有办法让孩子在沮丧时感到被鼓励。

观察一些可爱的女性榜样，很容易就能发现她们的共同点。她们都能在一个人时仍然感受到幸福，能够独处，节制言语，不多管闲事，照顾好自己，能够坦然承认自己的缺点，能够大方陈述自己的优点，拥有终生学习的态度，再加上懂得打理自己的外形，得到大家的尊敬和爱戴是顺其自然的。

她们对自己的感受很诚实，不会被外界的声音所绑架，懂得善待自己，也能体恤他人，在与人相处时，就会自然地散发出馨香之气。

原来生活的幸与不幸，并不在于拥有或失去，全在我们如何解读，而美好的女性榜样从不自怨自艾，只安静地过好自己的生活。

正如泰戈尔所写："生如夏花之绚烂，死如秋叶之静美，还在乎拥有什么。"

♦ 蒙昧是未经识别的隐患

我曾有过一段恋情，对方是一个友善、单纯且快乐的男生。

他出现在我很脆弱的那段时光。那时，我正经历着许多悲伤的事，也承担着极大的生活压力——一面假装坚强地背负着家庭顶梁柱的责任，一面独自处理着内心的不安与脆弱。

他的出现仿佛一束微光，虽然不能分担我生活上的压力，却可以在情感上带给我有力的支持。

可惜人在脆弱的时候容易紧张焦虑、患得患失。我喜欢他，却无法很好地建立自信，也不知如何处理内心的不安，常常用消极的话语去刺痛和否定他的感情。男生虽然很在乎这段关系，但禁不起百般折腾，最终在我第 N 次提出分手后，他没有再回头。

此后，我有很长一段时间的消沉期。尽管每当跟朋友提及此事时，都尽量表现得满不在乎，却常常在半夜哭醒……那时候，更多的是懊悔，因为无法排解内心的自卑和恐惧，我把那些糟糕的东西都丢给了一个值得珍惜的人。

那段痛苦的时光成为我非常重要的自省期，也使我重新认识了自己。我想，一段好的关系未必一定要有圆满的结果，只要双方都曾付出努力和真心，就算关系结束了，也会带给人成长和改变。

这段恋情正是如此，它带给我积极的反思，千丝万缕的原因逐一向我显示，我们从一开始就必将走向分离。因为最根本的原因是，我还没有强大到可以去承接一段亲密关系，而对方也尚未成熟到可以面对伴侣不完美的一面。

童年有一段时期，父母外出工作时，经常把我独自反锁在家，到了饭点，好心的邻居从窗口递饭给我。我当时最好的朋友是一个枕头，我常常把枕头抱在怀里，和它说话，和它过家家，拥着它入眠。父母到家的时候，我往往已睡着，再醒来时，他们又已锁门外出。

我以为，这就是正常的家庭生活，于是不哭不闹，但这也让我和外界渐渐疏离。以至于到现在，相比热闹喧哗，我还是更喜欢人少安静的氛围。

习惯了独处的我，内心渴望亲密又害怕亲密，如果有人对我太过热情，我会感到不适；我喜欢慢慢和别人建立起深度信任的关系，而不太适应流于表面的、仓促的关系。渴望亲密关系是人对爱的基本需要，抗拒亲密是因为与人接触太少而产生的对陌生事物的本能的逃避。

在引导我形成乐观、积极的性格方面，父母做得很不错，他们从不拿我和别的孩子做比较，总认为我就是最好的了；但是在心理和情感上，对我却十分忽视，可以说，我们几乎从来不谈心。他们倒不是故意的，而是他们也不懂得如何经营亲密关系，所以给不了孩子他们没有的东西（这也是他们经营婚姻的困难之处）。

所以，在亲密关系中如何给予对方温暖这一点上，我虽然努力做了自以为还不错的事，但结果总是差强人意。

比如有一次，男生不小心摔倒了，而且摔得很重，我看到这一幕后下意识地就开始大笑，我并没有任何恶意，只是认为大笑是化解他疼痛和尴尬的最佳方式。

从小到大，当我受伤的时候，妈妈总是会用哈哈大笑来分散我对疼痛的注意力，或者跟我说“不去想就不会痛了”。她本意是想帮助我尽快忘记痛苦，有时候这种方法很有用，会让我对伤痛的反应不那么强烈，性格也变得乐观、坚韧；但有时候也让我感到十分难过，尤其是在我真的觉得很痛、很虚弱、很需要被关怀的时候，我觉得自己没有被接纳。

正是因为这个原因，我从不会在父母面前表露自己的需求和脆弱，莫名觉得那是可耻的；也正因为如此，我性格里有很多中性因子，和身边大多数女生相比，我遇到困难时会更加冷静、积极地迎上去，但也常常因此而忽视自己受到的伤害。

这个男生来自和我完全不同的家庭，他自小得到过很多温暖的回应，他难以理解我为何大笑，觉得很伤心、很生气，认为我不在乎他；而他也因为无法了解我当时所面对的诸多生活压力和对亲密关系的恐惧，不能体谅我的处境，常常抱怨我太忙，没时间陪他，不在乎他……可是，那些他本意是想表达对我的在乎的话，在我听来，却是对我的否定和不够爱我的表现。

这类的冲突发生过很多次，一直到分开，他都认为我不关心他，他对我根本不重要。而我也直到分开以后才意识到我们是如此不同，但是我已经没有机会去表达了，其实我也一直在用他看不懂的方式爱他。我们一直在用自己擅长的方式向对方释放爱的信号，同时，我们也都误解了这些信号。

这都是我在回忆中慢慢明白的。可以说，这段关系给我带来挫败感，也教给我很多关于爱的知识，甚至使我对其他人曾带给我的伤害开始释怀。我懂了，原来很多伤害的发生并非有意为之，人因为缺乏智慧，很多时候不知道如何得体合宜地表达自己，也给不了别人自己原本就没有拥有或体验过的东西。

从阅读中，我进一步懂得，人与人之间仅靠我们习以为常的言行去表达爱是不够的，真正的爱，需要我们意识到人与人之间的不同，需要我们花时间去了解所爱的对象，和对方所熟悉的爱的语言，如此才能经营好自己在乎的关系（参考书籍《爱的五种语言》）。

有时候，“失去”会成为一名残酷的老师。“失去”可以令人的心变得更坚硬、更坚强，也可以令人的心变得更柔软、更有弹性，从而收获一定程度的苏醒。“失去”对我们的人生会产生什么结果，全在于我们如何解读和反思这段关系。

我选择了苏醒。虽然我曾痛哭流涕过，但始终感激那段时间里有这位男生陪伴同行，未能走到最后，我愿意承认那是因为我们都不够成熟。

如今，我记录这些片段，绝不是因为我仍然对这个男生念念不忘，我全身心地爱着 Charles，并且只爱他一个人。之所以写下这段经历，是因为我知道绝大部分人一开始不懂得如何去经营一段感情，我希望借由这段带给我反思和成长的感情经历，能让更多人懂得，永远不要害怕在感情里失败，也不要因为一段感情夭折而长久地消沉，这些是在提醒我们，还有问题需要重视和处理，当我们能意识到这些潜在的问题并加以调整后，最终反而会得到更大的福泽。

我正是从挫败和失去中认识到自己的不足，开始有意识地学习婚姻经营之道的。我接触了一些有智慧的长辈，听他们分享心得；参与各种亲密关系相关的工作坊，从社交关系中总结经验；还阅读了大量跟亲密关系相关的书籍。原来，我们并非生来就懂得如何去爱。

可以说，学习建立亲密关系的那几年，是我成长最快的时光，我才知道那些本能的感受，未经观察、思考，我们就无法很好地理解和运用它，尽管它与我们的生活息息相关——蒙昧就是未经识别的隐患。

原来没有意识到问题，才是最大的问题。一旦意识到了，改变只需要一个决心。改变的方式有很多，找到适合自己的节奏就行。

当我勇敢地站起来，并继续去探索和追寻幸福时，生命竟然神奇地变得又活泼又明朗，失去之后深刻求索的过程似乎也具有治愈性，因为它使人看见希望——我的人生正在从混乱变得有序。失去希望是一切痛苦的病根，而重获希望是一切痛苦的解药。

通过去认识新朋友，在集体中学习人际交往，以前令我害怕和退缩的东西，在我面前慢慢地变得清晰并铺展开来。

在我越来越能享受当下的时候，Charles 出现了。

他需要一位洞察力强、坚定独立、有沟通能力的女生作为伴侣；而我需要一位包容性强、逻辑清晰、独立而有条理的男生作为伴侣。我们每次聊天都聊到彼此眼里发光，每多聊一次天，就更确信一点——这就是对的人。

虽说独自生活时，我们都有能力把各自的日子过好；而在亲密关系中，缺少另一半始终有所缺失，可以说，上苍让我们相遇，补足了这份缺失。

Charles 是个界限感很强的人，他不轻易把自己交付于人，他并不冷漠，甚至是十分热心的人。他一直用实际行动关心着我的父母和朋友，带给我很多过去没有体会过的安全感，但是他不善于思考和表达自身的感受，有积累情绪的危险。

我虽然做事很大条，却能敏锐地察觉到对方的感受，这份敏锐一部分来自天分，一部分则来自个人经历，所以我总是可以及时给予他恰到好处的安慰和鼓励。但是我不擅长处理被他人越界的情况，这时候 Charles 就会及时出现，帮我挡掉那些不利于我身心健康的人和事。

受 Charles 的影响，我已经越来越懂得维护自己的边界了；而他也不止一次跟我说“和你在一起，我变得越来越有弹性，越来越温柔了”。

可以说，我们如此不同，却十分契合地在彼此最深的需要上能够彼此帮助。我始终认为爱情是美好的，而婚姻不必成为爱情的坟墓。前提是两个人都是对的人，所谓对的人，就是准备好去给予爱和接受爱的人。

所以，我感谢过去的失败，那些失败教会我很多在顺境里可能永远都不会觉察到的事。

所幸，失败了；所以，不至于病入膏肓。

♦ 快乐时要笑，笑了更快乐

1

曾收到过这样一条私信：你每天都在笑，是真的快乐吗？不用硬撑出一副阳光灿烂的样子吧！

我觉得这个问题挺好的，很值得回答。

一个天天笑着的人不一定代表他（她）超越常人，事事无忧。人生不如意事十之八九，一个正常人的生活常态就是不间断地处在不同的压力、挑战和变化中。这也是人类能够不断突破现状、向前发展的重要原因之一。

喜乐平安歌颂有时，困顿迷惑忧伤有时，凡事都有定时，这便是人之常情。我又不是女金刚，既然是人，就必定有同样的喜怒哀乐。不过，在面对他人的时候，我会尽可能做到面带笑容，不是出于讨好迎合，而是不忍心在这本就困难重重的人生路途，再泼别人一身冰凉。

当然，我也不是时刻都能做到慈眉善目，有时候我也会被命运击中，产生巨大的沮丧和愤怒，但每当这种时候，我就会意识到自己失控了，并告诉自己：沮丧和愤怒在所难免，但不要被这两种感受所控制，那会让人失去自由。

凭借多年的经验，我知道怎么调整，让自己很快恢复过来。

2

当初截肢后还在医院治疗的时候，我就深谙此道：把悲伤和愤怒分享出去，未必会得到心灵的慰藉，很多时候，关心和爱护我们的人，比其他人更难以承担这些负面情绪，只会让事态变得更加混乱和复杂；但把快乐分享出去，一定会收回几分新的快乐，因为笑容是能够感染人的，收回来的笑容也能温暖自己。

还记得刚刚截肢不久，那是 2008 年的 5 月。

我住的那一层都是因伤重被转往异地就医的患者，远离亲友，孤单无助，病房里每个人都在唉声叹气。病房里的电视机播放的内容大家根本就不敢看，一看就忍不住掉眼泪……

医生、护士来检查我的伤口，发现双腿都有感染，换药的时间很长，要把腐坏的组织清理掉，塞入消毒棉球。我一直对清理伤口感到害怕，所以每次换药的时候都会把头转向一边，或是用枕头蒙住眼睛。

我不敢告诉照顾我的妈妈，因为很多时候即使我在笑着，她都会偷偷落泪，我怎么忍心再哭着跟她诉说我的害怕和痛苦？

这种恐惧影响着我的精神状态，我想：如果每天都是这样，日子该怎么过下去呢？我要做点什么来改变现状。

端午节前夕，我决定不再躲避换药。

当护士推着药车过来时，我第一次不再把头蒙起来，而是盯着她看。看到护士的皮肤白白的、嘴唇上有细细的绒毛、眉毛排列得自然而可爱、手肉乎乎的，还带着温暖的气息，她的眉头皱起来，但我不觉得那是严肃的，反而忍不住笑了。可能她的心里也不比我轻松多少呢？

虽然受伤的人是我，但我们一同在经历换药的紧张时刻。

她熟练地帮我清创、包扎，整个过程很漫长，但她很专注，偶尔用眼睛扫我一眼，大部分时候则不会看我，可能她也很怕看到病人恐慌的眼神。

最后，她用纱布包好了我右边的小短腿（膝盖下方还剩下5厘米左右）。当她一层一层地缠裹纱布时，我感受到安全。我知道再严重的伤口，也会一天天地好起来。这小短腿第一次不再让我联想到痛，有趣的是，竟然让我联想到了“粽子”，马上要到端午节了。

我兴奋地脱口而出：“你觉得我的腿像不像个大肉粽子？”

护士看了我一眼，没有任何表情，很快收拾好了医疗用品，推着药车往外走。

我觉得有点自讨无趣。

走到门口，护士忽然转过头，用一种特别的眼神看着我：“谢谢你，廖智，但我今年估计是不会吃粽子了。”说完，她带着一脸狡猾、得意的表情离开了病房。

当她转头离去那个瞬间，我看到她在偷笑。我也跟着笑了。

从那天起，我的病房，阳光又回来了。

3

积极心理学有个很重要的概念是，心灵要想得到积极的建造，就绝对不能以罔顾负面情绪为依归，正视负面的情绪，是为了我们能够积极面对生活所做的准备。**正视悲伤，承认悲伤，与悲伤和解，超越悲伤，这是一个循序渐进的过程，而在这个过程中必备的良药，就是一颗自始至终喜乐的心。**

也许你会说："正悲伤着，又如何喜乐？"我会说："正因为如此悲伤，所以更需要喜乐。"做一些力所能及的小事，为自己增添几分喜乐，每天都这样善待自己，养成习惯，当有需要的时候，你就会成为一个有能力用喜乐去善待别人的人。

当灾难突然来袭，当悲伤阵阵涌入，我必须得承认自己是渺小且无能的。只是我不认为这是事实的全部，这只是事实的一部分而已。因为事实的另一面是——无论在什么处境中，我们仍能为自己和他人做一些积极的事：从自己能够接触到的一切人、事、物中去寻找值得感恩的点点滴滴。

在日子最难熬的岁月里，人与人可以靠得更近，就是所谓的"认知到我们的确是命运共同体"，这一点在巨大的困难面前会被更强烈地感受到。

当悲伤和恐惧以势不可挡的形势涌向你时，可能连最亲近的人也无法给你有效的安慰和帮助，但千万不要怀疑，你仍然有能力为自己的人生寻找到希望与阳光，因为你的力量都在你心里。

不必为了讨好别人而做，你愿意给自己一个温暖和充满力量的微笑吗？你愿意在心里对自己说“我会走出去的，只要我有足够的耐心和毅力，我会走出这片阴霾”吗？

同时，我们要有一双看得见周遭恩典的眼睛。无论如何，当一个人带着真诚的笑脸迎面走来的时候，我的心里都是温暖的、舒服的、带着感激的。

“子非鱼，焉知鱼之乐”，至于别人内心的真实感受，大可不必揣测（无端的分析通常也并不准确），我只知道一点：这个人对我是友善的，起码这个人是愿意让我感受到友善的。

那么，带着感恩的心情接受他人的笑容足矣。

因为**我始终相信，笑容是唯一一个自己看不见，却能够给予别人的祝福。**

所以，感恩吧，喜乐吧，趁着还有今天！

建立相互滋养的关系

Part — 4

♦ 建立被滋润的亲密关系

在很长的一段时间里，我都以为拥有经得起时间考验的友谊或亲密关系，是每个人都能得到的，后来才知道，有很多人既没有办法经营友情，也很难把握住爱情，而这些亲密关系带给人的幸福感是最深刻的。

一个人固然可以好好生活，但建立健康的亲密关系，便不会遗憾地错失情感里的丰盛。希望我的分享可以给渴望与人建立亲密关系的读者带来启发和鼓励。

当我认真思考这个课题时，发现有利于关系向好的技巧都与沟通有关，而沟通往往从心发出。无论是亲子关系、恋爱、婚姻，还是友谊，建立良好关系的思路基本都是一样的。唯有婚姻关系多了性的沟通，正因为婚姻比其他关系更要求人与人合而为一，为此，如果选择进入婚姻，更需要谨慎对待。

那么，如何与在乎的人建立亲密关系呢？

首先，需要知道亲密包含哪些属性。

排在第一位的是信任，没有信任就不存在所谓的亲密。

假如两个人，你提防我，我提防你，对彼此的人品、做事能力、价值观都不具备基本的信任，那肯定是过不到一起去的。需要注意的是，我这里说的是信任，不仅仅是认同，这两者是有差别的。很多时候，我们以为信任是高度认同，高度认同自然可以帮助我们产生信任，但信任并不局限于高度认同，而是指相信对方并敢于托付。

按照这个逻辑，信任除了理性的判断，有时指向的也是一种信心和勇气。不得不说，信任是需要具备一定冒险精神的，即意味着愿意承担这份信任所带来的损失。所以，很多人惧怕亲密关系，但他们真正惧怕的并非亲密关系本身，而是变得亲密之后可能要面临的伤害。

选择信任一个人，的确意味着要承担一定的风险，就像前面所写，不信任对方也就不必承担这种风险，但没有风险的人生，意味着同时拒绝了另一些突如其来的惊喜。

没有信任感的两个人，就算天天待在一起，也并没有什么亲密感可言。所以，一些结婚多年的夫妻，或是一些看起来感情很好的闺密或好哥们，很有可能只是看起来走得近，实质上并不亲密。

信任是基础，其次是沟通。

如果两个人之间完全不能沟通，或不能有来有往地有效交流，这恐怕很难称之为亲密。就像多年前有一部电视剧叫《中国式离婚》，男女主角虽然在同一屋檐下，对话却是鸡同鸭讲，各自心中所想完全不在同一条线上。

而最糟糕的是，两个人都一味地希望对方能满足自己的诉求，但谁都无法停下来认真地倾听或思考对方的心声，继而心生埋怨，无法建立任何有来有往的交流。这种沟而不通的糟糕关系，自然不是亲密关系。

最后是承诺。

任何亲密关系，都不可避免地会在某个特定时刻，出现意见或观点上的分歧。当分歧发生时，如果两个人都坚持己见，还有办法继续维持亲密关系吗？答案是肯定的。只要两个人从底层认知里认定：就算是我们在某一事项上无法完全达成一致，你还是我心中必然选择的伴侣、朋友，这份认定不因观点的冲突而受影响，也不取决于对方是否让我感到舒服，而是取决于内心的承诺。

这样的认定和委身，是亲密关系的核心。

先分清楚什么是亲密关系，再做选择和判断，会减少很多失落，多一些享受。要维系亲密关系需要走出舒适区，需要割舍一部分自我，需要更多的忍耐和包容。

以前，我为新婚夫妻做婚姻辅导，或为朋友做关系辅导时，常常听见这样的声音："那这样也太累了吧？""都说出来还有什么意思？""这样的话结婚有什么乐趣？""要是维系友谊这么麻烦，我为什么要交朋友？""自己一个人轻松自在多好。"

从某个角度来看，不结婚、不交友、不生孩子，一直活在舒适区，的确很省事，也会少很多烦恼，就像《被讨厌的勇气》一书中写的："一切烦恼都是人际关系的烦恼。"所以我并非怂恿任何人投入亲密关系，而是鼓励你：去了解这一切，然后做出让生命获得丰富的选择。

对我而言，亲密关系不是去寻求个人舒适度，也不是让人生变得更轻松，而是它能使我更了解生命、了解爱。人生很短暂，如果仅仅为了享乐，未免太空虚了。来人世间这一趟，如果只是为了轻松愉悦，那并不是一个好的选择，如果能够体认爱和生命的宽广，那么生而为人的一切功课都是被馈赠的礼物，都值得珍重。

一个人一辈子不出家门，最省心省事，但同时也会失去开阔眼界的机会，错过人生旅途中的美丽风景。这没有对错，只是一种选择，弄清楚自己真正想要什么，不给人生留遗憾就好。

爱的成长是深入灵魂的，或许亲密关系会带给我们烦恼和伤害，但每一次突破之后，会更明白爱是什么——爱是如何像一粒种子，落土重生焕发生机的。

如何建立亲密关系呢？针对上面的三个属性，下面列出三个可行动的方向：

1. 建立信任

如果对人性有深刻的认知，我们就不会将朋友和爱人看作完人的不切实际的幻想，因为完人并不存在。**信任是一种选择，也是一个决定。**一旦选择了信任，就要以对方值得信任的态度去对待他们，这能激发人的善意和爱意。虽然这不是绝对的，但大多时候是这样。

正如我们常说的：我们希望他人怎样待自己，我们首先要怎样待他人。一个人好的人品的养成，在于真正找到生活的意义，亲身感受到某些事对自己的重要性，而这些意义的产生，往往正来源于被他人信任。

那些难以建立亲密关系的人，基本上都有这样一个通病：当另一半所做的符合他的期待时，他会和颜悦色，当另一半所做的不符合他的期待时，他就冷若冰霜；孩子考试取得好成绩时，他喜出望外，考得不好时，就怀疑孩子的努力和天分；好朋友向他提供帮助时，就以为是真朋友，好朋友拒绝帮助他时，就认为对方是虚情假意的人。

如果你对她人的态度，完全取决于主观感受，那你将很难和任何人建立起长久的、良性的亲密关系。因为世界上不可能有人可以时刻满足另一个人的期待。

人跟人之间的信任是相互的，在一段关系中，当对方感受到你在乎的不是他这个人，而是他是否符合你的期待时，他也会以同样的眼光来审视你。记住，被批判的人一定会反击。修复已经产生间隙的关系，唯一的办法就是道歉，并做出真实的改变。

在我组织的女性成长社群里，就有一个用实际行动做出改变的妈妈。这位妈妈跟女儿的关系一向不好，她不允许孩子哭，当孩子哭泣时，她企图用责骂来制止，这让孩子变得更爱哭了。以至于孩子还没到青春期，就表现得很叛逆。

后来，通过在社群里分享，学习如何与孩子建立关系，再加上社群成员们积极地提出建议，这位妈妈慢慢学会了接纳孩子的情绪，允许孩子哭是和解的开始。

当她心里有了这样的认知后，很快就在社群分享了开心的事：这一次女儿又大哭，她第一次没有责骂女儿，而是对女儿说：“你要是委屈了，就哭吧，妈妈也知道你不好受。”没想到，孩子哭完之后愿意主动靠近她了，她这才发现，其实女儿也是很乖、很听话的。

这就是一种信任，允许孩子出现不同的情绪，信任孩子有表达情绪的必要。当一个人觉得自己被允许表达时，那些负面情绪也就被稀释了。尤其是小孩子，他们尚未学会如何更好地表达情绪，哭就是一种情绪的表达方式。如果他们糟糕的感受被大人接纳、允许和理解，这些感受就能被治愈，就能增强孩子对大人的信任和感激。感恩之情激发后，人会主动做对自己和他人有益的事，这是正面循环的互动。

在亲密关系中，当一方的感受不好，并能够说出这种不好，是一种信任的表现。女性通常更擅长表达自己的感受，而大部分男性会通过沉默、发怒来表达内心的压抑。如果我们愿意信任对方，并把这种信任表达出来，比如：我相信你一定很难受、我知道你真的很生气、我看得出来你很委屈……这种表达就是信任的表现，能够增强亲密关系，一定程度上也能帮助对方消解糟糕的感受。

有时候，我们对爱的人表现得太着急了，总希望事情尽快发展成自己希望的样子。但每个人伤口的痊愈和自我的成长都需要时间，人是在跌跌撞撞中成长的，人生路上有成功有失败，有对有错，充分信任的表达，是在告诉这段关系里的人：我爱你，不是以你符合我要求的样子，而是以你本来的样子。

如果我们坚持对爱的人表达信任和接纳，他们也会潜移默化地愿意在我们面前表现得通情达理。

2. 沟通

不是开口讲话就是沟通，能说通才叫沟通。有时好的沟通甚至不用说一句话，一个眼神、一份关切的态度，就可以拉近彼此的距离；而糟糕的沟通则是，说了一箩筐的话，却让双方变得更恼火。

有时候，我们有心或无意地把自己放在被动的位置上，而不是事实把我们推向了被动。

如果在亲密关系中出现分歧，一味情绪化地输出，只会让事情变得更糟糕，也容易使关系恶化；如果能够尽可能客观地处理问题，积极思考对双方都有利的选项，就会建立起在关系中的领导力，你会得到家庭成员或朋友的信任和尊敬。

主动去面对和解决问题需要多多动脑，而不是动气。

我和先生在北京创业期间，有一次孩子们在客厅玩，那是租来的房子。他们趴在地板上画画，我很担心他们会不小心刮花房东的地板，于是急匆匆地走过去，让他们收拾东西到桌上去画，他们向我保证不会画出纸面而弄脏地板，于是我就举例：上一次你们在床上吃东西的时候，妈妈说会把油弄到被子上，你们也说一定不会，可后来呢？举例说明也不管用，因为他们说这次不一样了。

本以为三下五除二就能解决的问题，这下子变成了斗智斗勇。任凭我如何交涉，他们的逻辑思维都更胜一筹，淡定地在原地没有丝毫要移动的迹象，我知道我给的理由都不是他们真正关心的，比如，“万一地板弄脏了谁来赔偿呢”，这才不是他们需要关心的事，而且他们对自己的控制能力很有自信，觉得压根不会发生地板弄脏的事。

我的育儿原则是，除非孩子们在做有有可能损伤自己身心安全或逾越他人边界的事，否则我不会强行制止。大部分情况下，孩子只是好奇，作为大人没必要事事管制，不需用自己的框架教出思想僵化的孩子。如果孩子没有真的明白一件事不能做的缘由，就算被强制打压了，他们最多不在家长面前做，换个家长看不到的地方还是会继续做，这样就养育出阳奉阴违的孩子。

每个人都曾是孩子，虽然现在我做了妈妈，但也能记得小时候的所思所想，所以我尽可能用孩子能够理解的方式去跟他们沟通：我主张的一切观点都要跟他们的理解能力相匹配才行。这样才能实现既教育又建立关系的目的。

在任何关系中，我们都认为要警惕“自以为是”，而要多多效仿典范与榜样，高高在上不如谦卑俯就地走进对方的世界，用对方能听懂的方式去沟通，这是我在自己创立的“一婞”女性成长营里一再强调的事。有些妈妈说不知道怎么跟孩子建立关系，我的建议是：你可以多观察孩子，看看他们跟同龄人是怎么玩的，说些什么话题，先从成为孩子的朋友开始，学习如何进入他们的世界。

于是，那天我发现给孩子讲道理完全没用，他们不接受我的意见（实际上，如果房子不是租的，我也不会担心地板的问题，在地上画画并不是问题），就决定重新想一个能够双赢的策略。现在是我有需求不让他们趴在地上画画，既然是我的需求，那就应该我想办法解决。一动脑筋，很快就有了灵感，我拿出一本硬壳绘本坐在旁边的茶几上假装打字，并发出“滴滴滴”的模仿打字机的声音，他们果然立刻转头问：“你在干什么？”

我说：“我在打字。”

他们就觉得很有意思，说：“我们可以跟你一起打字吗？”

我说：“你们不是在地上画画吗，要用我的电脑桌的话，那你们得把地板的空间让给我才行。”

他们立刻就同意了，麻溜地开始收拾地板上的东西。就这样，他们把画画的东西自发地搬到茶几上，而我也不用担心地板被刮花了。等他们再长大些，就能明白“租来的房子是别人的，要维护别人的房子”这个道理了。再后来，我和他们讲了其中的利害关系，他们也就不再在地板上画画了，甚至有时看见地板上有脏东西，还会主动擦拭干净。

很多时候，沟通不是硬碰硬，而是需要使用策略去推进。如果你觉得家里有什么事不如意，一开始就发生争执，往往解决不了问题，还会把其他家庭成员推到离自己更远的地方。对同一件事，每个人的理解和立场都不一样，即使在同一个家庭里，也需要尊重这种差异性。

如果你有一个诉求，第一时间就想道：他应该如何如何来配合我。这么想是自私的，也会破坏亲密关系。事实上，我们和在乎的人相处，也需要秉持“谁主张谁想策略”的思路去解决问题。我们不能提出主张，却强求别人都认同。与其为了一个诉求吵得鸡飞狗跳，不如先安静下来去思考：对方能理解到什么程度？用什么策略可以让对方明白你的意思？用对方听得懂的话去沟通，这样才会事半功倍。

有些人会说“这太麻烦，太亏了”，这种思想其实是一种思维陷阱，不要抱着吃亏的心态与人相处，而是要认识到：我的人生我负责，当自己想过得舒服、快乐，并且需要别人的协助和帮忙，那么颐指气使地强迫别人是无理的，给对方一个礼貌友善的态度和合理的理由是对对方最起码的尊重，毕竟这不是他人的义务，而是我自己的责任。

提升沟通能力的本质，也是慢慢看清事实真相的过程，是从婴儿般唯我独尊的自我状态逐渐走向成熟的过程，愿意这样做的人，最终受益的一定是自己。

任何亲密关系都是如此，谁有需求谁想办法解决问题。如果下次你再产生“凭什么都是我去努力”的念头，你就反问自己“现在到底是我的需要，还是对方的需要”？如果是自己的需要，那么想办法去解决问题就没什么好抱怨的，解决问题是提升能力的唯一途径，倒不如开心快乐地去面对。

3. 承诺

成年人要对自己的选择负责，除非到了彻底无法挽回的地步，我们总要坚守自己的承诺。不仅是为他人，也是为自己，一个不相信自己承诺的人，也不可能信任他人的承诺。

破坏亲密关系的其中一个行为，就是遇到不开心的事就想放弃。动不动就跟伴侣提分手、离婚，或是跟朋友提绝交，抑或是跟孩子说“再闹就不要你了”“不理你了”，这些情绪化的表达都在向亲密关系中的另一方传递一个态度：我们的关系是摇摇欲坠的。

我知道很多人讲这种话，只是一时之气，或是试图以此来试探对方。可有句话叫“覆水难收”，讲的人不以为然，听的人却会放在心里，讲一次两次，对方可能容忍了，讲得多了，对方就真的开始做退出的打算了——安全感是需要呵护的，如果失去了安全感，想再补回来就难了。

所以，除非你真的谨慎而严肃地思考过这件事，已经完全想清楚了后果并且确保自己能够承受，而非一时情绪化，否则永远不要说出违背承诺和真实意愿的话，哪怕仅仅是为了震慑对方，也不要这样做。

我和先生在一起这十年，一直有这样的默契，哪怕在情绪直冲脑门的时候，也有把话咽回去的能力。我们都知道那一刻撂狠话特别解气，但作为成年人，除非你真的完全不在乎这段关系了，否则意气用事，真的会让人追悔莫及。

记住：撕裂一张纸很容易，修补回原样却难如登天。与其想着事后弥补，不如提前预知结果，避免那样的事发生。

如果已经说了或做了有损承诺的话和事，只有真诚地道歉，并能做到再也不犯。在诚恳的道歉后，行为也确实有了大的改观，那也可以修复已经破裂的关系。

我曾参与辅导过一对即将离婚的夫妻，如果不是为了孩子，他们根本不会考虑参加婚姻辅导。后来，他们在婚姻辅导过程中慢慢认识到了彼此那些过激的言行对对方造成的伤害，从不断地数落对方，到开始认识到自己也是具有杀伤力的选手。这种认识给他们带来了改变的动力。

参加婚姻辅导一年之后，他们奇迹般地复合了，到现在已经过去好几年，他们依然相亲相爱。他们的孩子说起爸爸妈妈也很开心，孩子最早发现父母有变化的事是：有一天爸爸妈妈竟然手牵手一起出门散步，这真是太不可思议了。

而发生改变的其中一个原因，仅仅是他们改变了一段过去常用的对白。以前他们总说："还能过不能过，不能过拉倒！""你以为跟你拉倒我会有半点留恋吗？"

这对夫妻非常善于用这样的方式打击对方，话撂得一句比一句狠。经过几次辅导，我发现他们虽然嘴上谁也不服谁，但他们的心里根本不像嘴上那么坚持。我想，他们需要一些语言之外的推动力，这两人在理论上比谁都明白，却不太擅长打开自己的内心。

一次辅导结束后，我问他们结婚的时候有没有录像，他们说有，我让他们第二次来找我的时候把录像带来。下一次见面时，我先关心了他们的近况，随后和他们一起看了结婚时的录像。

在婚礼上，年轻的他们都哭了，为能握住彼此的手而感动落泪。那幅画面很令人动容，我也很感动。但他们在看婚礼录像的时候神情都有些紧绷，彼此之间也没有眼神接触；于是，我播放了他们第一次来找我时一段双方争执的录像（个别辅导案例在当事人同意的情况下有录像），丈夫终于肯凝神看向妻子，而妻子的神情也有所缓和，甚至在看到其中一小段丈夫皱着眉头、摇晃身体的画面时忍不住笑了。

他们似乎对于争吵更熟悉，也更亲近，而对于温情和亲密却显得很陌生。我想这是一种逃避，因为争吵会让他们看起来更有力，而温暖和亲密却会暴露人的脆弱。他们都不敢或不善于展示脆弱。

我让他们牵着彼此的手并看着对方的眼睛，一开始他们笑了，有些害羞，显然他们心里还有很多理性的挣扎，我就静静地等他们安静下来，他们需要时间去处理内心对于亲密感的不安和尴尬。等他们的心灵安静下来，并能够直视彼此眼睛的时候，我说："你们专心地看看对面的这个人，这个人还是那个在婚礼上和你手牵手的人吗？"丈夫回答："是的。"妻子却哭了。

我就不再说话，妻子的眼泪静静地往下掉，丈夫看着哭泣的妻子，十几秒钟后，他伸出手，替妻子擦眼泪，又过了半晌，他说："对不起！"

妻子还在哭，丈夫坐在原地有些手足无措，他们之间还有一段距离。我对他说："你抱抱她吧。"他抱住妻子的时候，妻子从默默落泪到终于有了哭声，好像很多委屈都得到了释放。

等妻子的情绪缓和之后，我说："你们牵着手不要放开，感受一下爱人的温度。"

丈夫说："我的手都出汗了。"说着，他露出不好意思的样子。

我问妻子："你在意吗？"

她还在抽泣，摇着头说："不在意。"

我说："那就牵着手吧。"我看着他们，真心地说，"别忘了你们对爱人的承诺，婚姻不容易，但你们不是彼此的敌人，你们真正的敌人是生活中那些困难的时刻，如果你们因为困难而彼此恨着对方，困难赢了，你们就输了；你们手牵着手一起想办法去面对困难，困难就输了，你们就赢了。"

妻子问："我也想改变，可是不知道具体可以怎么做。"

我对丈夫说："下一次想说'不能过就拉倒'的时候，试试看改成'我想好好过，我需要你的帮助'。"又对妻子说，"下一次想说'拉倒就拉倒'的时候，试试看改成'我舍不得跟你分开'。"

他们都是理性的人，一旦知道对的改变在哪里，就会愿意照着去做。后来他们果然都不再说那些过分的话了，即使在非常生气的时候也会把那两句绝情的话改成有温度的表白。

在感情的十字路口，有时候理性的声音越强，人和人的距离反而会很大，因为我们以为是理性，有时却是掉进了理性的陷阱，分析得太多反而让人觉得问题已经严重到不能挽回了，也就更容易说出绝情绝义的话。在这个时候，我们需要的是温暖的拥抱和柔情的话，来缓和紧张的身体和心灵，在氛围和谐了之后再去探讨问题，会发现问题并没有那么严重，是可以共同面对的。

如今，这对夫妻已经可以熟练地跳出思维陷阱了，遇到问题不再是横眉冷对，也不再把爱侣当作敌人，而是认清了他们是有盟约关系的爱人，一起努力持守婚姻的盟约。

所以，不要因为过程坎坷而惧怕和人建立亲密关系，亲密关系虽然也会带来烦恼，但那不是爱的错，只是我们还不够了解爱，也不知道要如何去爱。如果我们愿意在不断地学习中，在谦卑地行使爱的权利时，带着一颗温柔的心去了解爱，带着喜乐的心去享受爱，对爱报以中肯的认知和浪漫的情怀，过程中的坎坷和泪水有一天也会变成可以与人分享的精彩故事。

亲子关系中的沟通误区

我和 Charles 有两个孩子，一个六岁的女儿和一个四岁的儿子，在沟通和教育方面，我负责得多；玩和运动方面，Charles 负责得多。我们在育儿方法上并不总是互相认同，但我们接纳这种不同，也不认为我们的观点必须一致。

不过，我们曾有约定，我们可以当着孩子的面讨论分歧和矛盾，但一定要以拥抱和亲吻的方式来结束讨论。这么做的原因是，我们不希望给孩子们造成一种刻板的印象——家里发生讨论就一定有人是绝对正确的，也不希望他们以为父母之间从来没有分歧，而是希望他们看到的事情有两面或多面，而家庭成员都可以发表自己的观点，也可以就自己的观点进行辩论，只是这些辩论并不影响我们的亲密关系。

到现在为止，两个孩子遇到问题都能提出他们的观点，而且姐弟俩吵完架后，也会主动去跟对方道歉，他们有几次在道歉的时候主动拥抱对方，并替对方擦干眼泪。

我和先生都认为：为人父母，在知识上能教给孩子的极其有限，毕竟世界是属于未来的，未来是属于下一代的，我们这

些前浪注定是要被后浪超越的，既然如此，何必固执呢？但为人父母，可以教给孩子们很多内在的抉择，关于生活态度是积极，还是消极；处理冲突的模式是建设性的，还是毁灭性；面对逆境的选择：是逃避问题，还是解决问题；面对命运的姿态：是敬畏谦卑，还是狂妄自大。

是的，相比于灌输知识，我们更愿意在这些和孩子幸福感息息相关的事上多做努力。

除了家有学龄前儿童，我也教过小学四至六年级的孩子上艺术课，他们当中有一部分是残障儿童，我们通过把人生哲理和艺术融合的方式，用近一年的时间，把一群完全没有表演经验的孩子带上了舞台。在参与此项目期间，我明显感受到孩子们经过在艺术小组的学习后变得外向和开朗。很可惜，后来因为种种外界因素，这个艺术小组暂停了，多年后，我得知其中一些孩子又回到了封闭和自卑中。

除此以外， 我也在做十至十六岁青少年的公益融合夏令营，通过参加夏令营的方式，为那些身体或情绪有障碍的孩子提供一个开放的、有包容的环境，以及和团体互动的机会。

在自己养育孩子和组织青少年活动时，我发现很多父母特别容易过度关注孩子的外在表现，却忽略了孩子作为一个人的基本情感和心理需求。

在任何一段关系里，如果最基本的情感和心理需求无法得到满足，那么想说服对方按照你的意愿去为人处世，是非常困难的，因为彼此之间尚未建立起默契和信任感。相反，如果在一段关系里，彼此有充分的情感联结和信任度，根本不需要花费多少工夫，彼此就会主动去满足对方的意愿，这就是一种爱的关系。

有些家长总说，“我的孩子和你们的孩子不一样，油盐不进”，我并不认同这种说法，除非孩子已经长大了，并且养成了很多难以改变的恶习，否则，大部分孩子是可以通过改善亲子互动模式，从而重新建立良好的生活习惯。

因为工作的关系，我有很多机会接触到不同年龄段和不同性格的孩子，我发现，当家长明理、尊重他人、做事专注，并通情达理地和他们沟通时，孩子们的配合度往往都很高。所以我认为，通常所说的教育，只是盯着孩子的表现和成绩，无法从本质上解决孩子们的心理和认知偏差，而亲子关系更重要的不是教育，而是关系，如果亲子间拥有了亲密融洽的关系，教育就水到渠成。再则，如果父母真的重视孩子的情感与思想，而不是孩子所做的事和取得的成绩，自己的焦虑也会大大减少。

所以我认为，**良好的亲子关系的顺序是先亲后育。**

建立良好的亲子关系前，家长们请先看看哪些事是不利于亲子关系的。

1. 宠溺顺从，以孩子为宇宙的中心

先亲后育，这里的“亲”不是指溺爱，不是虚伪的夸奖和消极的顺从，因为这么做就落入了一种看似亲、实则远的关系谬误里。

“宝宝乖，只要你听话，妈妈就给你买玩具。”

“宝贝儿，别哭，这个柜子撞到你，打它，打它。”

“是爸爸的错，是妈妈的错，是奶奶的错，来亲亲……”

“宝贝，快吃饭吧，就吃三口，吃完就可以玩了，乖。”

“太可怜了，我的小乖乖。”

类似的沟通看起来很亲昵，实则不然，经常这么对孩子说话的父母，其实是对自己跟孩子的关系没有信心，内心又有害怕被孩子讨厌的恐惧，只能靠妥协、讨好来赢得孩子暂时的听话和配合。

根据我的观察，不少这样宠溺孩子的父母，很多都是因为自己受过伤，有些感受被压抑了。由于那些伤害没有被正视和治愈过，就在心里遗留了脆弱，因此，会下意识地认为自己的孩子也很脆弱，一个不小心就会崩溃。其实不用太担心，孩子们只要在健康的环境中长大，不需要被宠溺，也可以长成健康阳光的人。

相反，如果一味地维护孩子，从不让孩子碰壁，这反而是对孩子的损害，损害了孩子去了解真实世界的机会。诚然，父母不必故意制造困境和苦难给孩子，但在生活中，当孩子遇见自然的挫折和困境时，大人要对孩子有信心，相信他们内在有力量和勇气去度过困境。

我们可以去拥抱他们，共情他们此刻不好的感受，但更重要的是，要给孩子积极的心理暗示。我们常常遇见类似这种情形：孩子练习走路的时候摔倒了，家人慌忙冲过去抱孩子，一边拍着孩子的身体一边说“没事”，其实大人的慌张比语言更能透露出一个讯息——有事。于是，孩子就会哭起来。

可是当孩子摔倒了，家长沉着冷静，丝毫不见惊慌，而是鼓励孩子：“还好吗？你真是个有大将之风的小孩！来，走过来，你马上就到了。”当孩子走过来了，马上给他一个温暖的拥抱，这会比扑过去抱住孩子并一个劲儿地哄他更有益。

很多时候，孩子看到大人们很淡定，他们也会跟着淡定，家长的状态比语言更有说服力。大人不需要刻意用幼稚的言语去哄自己的孩子，如果你想要表达亲昵，可以大方地说出亲密的话，并给予拥抱和亲吻。

寻常的人际关系中都不可能用讨好去赢得另一个人的尊重，更何况是亲子关系？当父母一味地顺从孩子，完全以孩子的感受为中心时，就已经在向孩子宣告：我自动放弃父母的教养权，只乖乖做你的仆人。

这么做的后果，只会被孩子瞧不起；作为父母的权柄被稀释了，孩子也就感受不到“父母是天地”的那种安全感和踏实感；孩子需要父母成为人生的灯塔，有温存也有威严。

父母需要学习如何以尊重、平等的方式与孩子沟通，需要学习如何协助孩子建立人格和品性，而不是一味让着、顺着他们，以他们为中心。

2. 责备和过分管束

你怎么又在看平板电脑？你就抱着它过日子去吧！

你看你的房间，乱得跟猪窝似的，就不能收拾一下吗？

人家隔壁 ×× 早做完作业了，就你还这么磨蹭。

活该，昨晚叫你别看电视你不听，今天上学迟到，活该被老师骂。

你不能看电视了。

你不能吃零食了。

你别跟 ×× 做朋友了！

你怎么这么笨？

哭什么哭，哭能解决问题吗？

……

家长们说这些话的目的，是希望帮助孩子认清问题，可能出于保护孩子，但从另一个客观角度来看，这种说话方式也展示了自己的无能——恕我用词直白，因为我有时候也会用怒气去辖制或责怪他人，但我已经察觉到了，这是对眼前的事情感到无能为力的一种消极表现：因为没有管理的能力和更好的沟通策略，只能通过责骂来解决问题。

当然，也有一部分原因是因为懒，想通过一种简单粗暴的方式尽快解决眼前的小麻烦，然后可以去进行一些娱乐或是做其他让自己开心的事。

我想这是每一位父母都需要直接面对的事，越早面对，越早回归到积极的教养轨迹上。

我曾在高铁上遇到一个十几岁的小男孩，他在玩一把玩具枪，喷射出长条状的软子弹，时不时地会打到其他旅客，引来他人的不满。于是，他的父亲便大声地责骂他，他并没有听从父亲的话，继续专注于玩耍。这位父亲忍无可忍，走过去一巴掌把玩具枪拍在地上，他去捡的时候，又被父亲大骂着拍打了手。于是他大叫：“你凭什么打我？”

他的父亲被彻底激怒了，大声责骂小孩，并推搡他。小男孩一边哭，一边据理力争，旁边有个别乘客跟着爸爸一起责怪他，但小男孩特别倔强，就是不愿意承认自己的错误。他坚持说自己是对着空气打枪，只有一两次不小心打到人了，不能因为小小的失误就制止他。他越坚持，父亲越激动，屡次举手要打他。

所幸的是，旁边一位阿姨拉住了那位快要“发疯”的父亲，温柔地对小男孩说：“我知道你有自己的理由，没有人理解你，我也很同情你，听你讲话觉得你是个聪明的孩子，玩枪的机会还有很多，现在的坚持已经让你这么难过了，像你这么聪明的小孩，应该懂得在对的时间做对的事，你说是吗？”

听了这位阿姨的劝告，小男孩气呼呼地流着眼泪把地上的子弹捡起来，把枪抱在怀里，坐回了自己的座位。一场吵闹终于停止了。

我想，那位父亲一开始就有不同的选择，当他带着儿子和玩具枪出门的时候，就应该预料到会发生什么事。当父母失去理智，说出充满怒气的话时，孩子还愿意听父母说话吗？

其实，我很理解一些爱发怒的家长，作为父母，真的看不得孩子表现出一副不上进的样子。不能不管，但管是有技巧的，不能硬管，而要引导。无论何时，我们都要记得，先亲后育，先建立关系，再采用适合孩子的沟通方式去解决问题。

3. 大管家式全面包揽

这样的家长往往活得很累，因为什么事都不经分辨地认定是自己的事，有时候出力还不讨好，又容易积累一肚子怨气。殊不知，这对孩子来说也是一种剥夺，剥夺了孩子探索、犯错、学习和成长的机会。

孩子说，下周学校安排了外出活动，你就大包大揽地帮孩子准备好一切；孩子想吃葡萄，你把皮扒好，恨不得把籽都给挑干净；孩子都七八岁了，穿什么衣服、吃几碗饭、洗脸、刷牙你都要一手包揽……这样往往会养出长不大的孩子。

还有一些家长，只重视孩子的成绩，一心让孩子专注地学习，与成绩无关的事都不让孩子参与，孩子所得到的嘉奖都取决于学习成绩的好坏——这是在扼杀孩子的生命力，同时养成孩子凡事以功利为导向的价值观。

大包大揽的父母最辛苦，什么事都替孩子操心，每天把自己累得够呛，孩子还不领情，老是跟你犟。对孩子来说，你就是个好用的人，而不是对他有帮助的人，需要你的时候就来找你，用不到你的时候都懒得跟你说话，因为你说出来的大抵都是管教他的话，他也不爱听，你们之间没有平等性可言。

以上三种都是为人父母最容易进入的沟通误区，这些沟通方式破坏关系，而非建立关系。从我们成为监护人的那天开始，就需要用心思考如何与孩子建立亲子关系，如何协助孩子塑造自己的性格，这份天职是极有价值和意义的，值得我们花时间和精力投入其中。

♦ 建立有张力的亲子关系

怎么做可以建立更健康和谐的亲子关系呢？

一些父母或许认为，他们需要事无巨细地参与到孩子的所有事情中，其实不然，孩子真正需要的东西并不多，而应该放在第一位的，是被当作一个独立而珍贵的生命来尊重。

我们从小到大受到的教育中，很多声音都告诉我们，要重视学习成绩、思想道德、知识、艺术、才华等，因此，很多父母一心扑在孩子的学习上。但仍然有很多家庭的教育没有达到理想的结果，尤其是随着孩子渐渐长大，亲子关系的张力、孩子与世界之间的张力、孩子与自我之间的张力，都没有得到缓解，甚至愈演愈烈。

成年人很容易因为内心的缺失，有意无意地把孩子当成物品或机器，从而过度关注他们的外在世界，很少帮助他们探索和平衡内在世界。

平衡一切的基础，是真的把孩子当成独立的个体——一个拥有独立人格、尊严、思想和视角的人来看待。孩子不会成为像我们一样的人，更不一定成为我们期待中的模样，但孩子会成为他们自己。当一个人在成为自己的过程中，如果不断听到这样的声音，“你这样做是错的，你这样做是愚蠢的，你必须……你应该……”，渐渐地，他会成为自己不喜欢，同时也无法得到任何人喜欢的样子，他会戴着面具悲惨地生活。当一个人无法顺利地成为独一无二的自己，他就会成为一个“四不像”，活在无法确定自我的痛苦中。

所以我相信，父母要学会的第一件事是尊重，尊重生命天然的差异性和独特性。

在尊重的基础上沟通，就容易多了。在亲子关系中，我也总结了三个行之有效的沟通思路，在我和孩子们的互动中使用这三个小方法，往往事半功倍。

1. 进入孩子的世界和孩子对话

每年组织夏令营活动的时候，我都观察到一件有趣的事——关系有裂痕的家庭成员之间的对话都有一个共同点——自说自话。

这些家长站在自己的立场上，对孩子说一些对方听不懂的话，认为那是金玉良言，对孩子来说其实是废话。这势必对孩子和亲子关系都没有助益。就像一只鸟，从早到晚叽叽喳喳地叫个不停，我们是不是也完全无法跟它对话？因为它说的话你根本就听不懂。

我做过几年全职太太，其中有两年，每周都会去不同的医院探访罹患癌症的儿童，这些癌症患儿遭受着难以言喻的身心折磨，因此，他们有着更为深刻的情感需要，如果这些情感需

走路都想跳舞

廖智 著

歌唱吧、欢笑吧、舞蹈吧，
蔑视那企图压倒我们的恐惧和忧伤。

亲爱的读者朋友：

谢谢你选择我的新书《走路都想跳舞》。在快节奏的生活中，一本书能够让人慢下来细细品读，需要读者给予很大的信任和喜爱，无论是对这本书来说，还是对撰写这本书的我而言，都是莫大的鼓励。

每当我想到，在生活中的某些场景里，我们的思想经由文字产生了奇妙的碰撞，因某个观点而会心一笑、因某种情绪而感同身受、为某种品质而深深着迷，像灵魂穿越时空交织在一起……一想到这些，我就忍不住激动起来。

我们之间，不因我是作者，你是读者，便有着难以跨越的距离，我希望我们的关系不是所谓的偶像和粉丝，而是因文字而交汇，因共同的热爱和一致认可的思想而共鸣。经由文字，我们变得平和、坦然、无惧，与人交往时不再忐忑，更加从容和宁静。

"我喜欢这种感觉，大智的温度和笑声多么真实地出现在我身边。"在阅读这本书的时候，我真希望你最深的感受能是这样的。希望这本书能令你感受到：生活很美好，你并不孤单。

生活的重重压力，有时会令人变得面目全非。那个心怀梦想的姑娘，有一天开始为柴米油盐而烦恼；那个温柔如水的淑女，变得言行泼辣又强势；那个要勇攀高峰的勇敢女子，在经历一次次的失败之后，颓废地看着别人拿下一个又一个战利品；那个从小被照顾得很好的女孩，在独居生病却没有时间去看病的夜晚一个人默默哭泣……或许有那么一刻，你真的很不喜欢现在的自己，可这就是现在你所能看见的真实画面，怎能自欺呢？

亲爱的，你可以看得见这些令人心碎的画面，你也可以给人生任何一个负面标签背后，贴上一个"但是"。

尽管柴米油盐令人烦恼，但你有能力将乱麻织成毛衣；虽然你泼辣又呛人，但也一定能找到不靠虚张声势就能与这个世界和平共处的方法；一次次失败的过程，正是让你深刻了解自己的最佳途径，你也会用你的方式拿下属于你的战利品；当你不再是那个处处被人照顾的小女孩时，你将变成一个坚强到可以做自己的英雄、自由到可以在任何处境下发光飞翔的天使！

我从一无所有、满身伤痕开始，一点点地爬出人生的废墟，你也可以做到，爬出任何一座你心灵深处的废墟。不仅如此，我们还能在废墟上重建更美好的家园，在这座家园里，每个人都拥有走路都想跳舞的生命。

我的先生Charles说，爱就是在一起。我虽然没办法跟每一个我爱的朋友时刻在一起，但通过文字可以，当你阅读这些文字时，我就和你在一起！

Love

宋宁

要能够被看见、被满足，他们的日子便会好过一些。但是因为罹患癌症这个关注点太大了，患儿家长通常对孩子们的病情给予太多关注，关注他们是否顺利地打针吃药，反而忽略了与孩子建立情感的联结。

有一次，我遇见一个患有白血病的男孩，他才九岁，需要健康的饮食，但他每天哭闹着要吃零食，他的妈妈不忍心拒绝，只能顺着他。谁都知道这对他的身体不好，但家人偶尔的阻拦只能以双方的不愉快结束。

除此之外，医院压抑的环境和冰冷的氛围，或许带给他诸多心灵上的烦扰，再加上身体不适，他一时沉迷于手机游戏而不能自拔。

我很心疼这个小男孩，尝试着了解他玩的游戏，请教他玩游戏的方法，他花了一下午的时间教我，并耐心地指导我。慢慢地，我可以玩上两把，每次我输了时，他都会对我抱以微笑以示鼓励。

我发现，当孩子教大人时，往往比大人教孩子时更有耐心、更温柔，他需要的是一个可以跟他站在一起的伙伴。

自此之后，我每次去找他，他都表现得很开心。我会跟他一起探讨游戏，我打游戏的技术也慢慢提高了，我每打败一个怪物都忍不住开怀大笑，他的脸上慢慢也有了笑容。

后来，我尝试让他吃我做的汤和食物，没想到他很愿意尝试我的厨艺，尤其当我对厨艺还不够自信时，他总是给予我极大的鼓励，哪怕只是通过一个眼神传递出的友善信号，我也能感受得到那些美好。

再后来，我给他带了绘本，他也很愿意听，偶尔还会问些问题，会耐心地跟我一起给绘本涂色。他向我倾诉他的烦恼时，我都认真地倾听，并做出相应的反馈。慢慢地，他开始愿意改变生活状况，虽然他最终还是离开了这个世界，可是我知道，至少有一段时间他的生活是相对温暖而充实的。

对癌症患儿来说，也许很多努力看起来都是徒劳的，可我始终认为：一个人生活在这个世界上，应该尽全力让他的情感得到满足，给他机会去表达对周围人的爱和善意，这样生命即使短暂，也不虚此行。

所以，家长的第一责任不是当孩子的老师，而是给予孩子爱的注视和陪伴，满足孩子的情感需要。没有爱的联结，我们的言行举止都会被孩子误读，如果孩子没办法了解我们真正的意愿，怎么指望他信任和配合我们呢？

如果我们漠视孩子的情感需求，孩子长大后也很容易变得冷漠，有逆反心理，尤其是在青春期时。所以与孩子相处，第一件事便是主动变得更谦卑，站在孩子的角度去了解他们的喜好，去谈论他们感兴趣的事，主动和孩子建立亲密、信任的关系，成为孩子的好朋友——**好朋友所说的话，孩子们是乐意听的。**

2. 给孩子付出爱的机会

成年人往往以为，所谓的情感需要，不过是给予孩子爱和关注，我们要常常拥抱孩子、亲吻孩子，告诉他们“我真的很爱你，很感谢你来到我的生命中”，这当然很重要，但爱是一场双向奔赴，只给予他们爱是不够的，还要让孩子有机会向父母表现出爱意。

有很多付出型的父母，只给予不索取，这是不对的，这样并不利于一段关系，也不利于让孩子明白爱的本质。父母也是人，也需要爱，所以作为父母，也可以正大光明地向孩子索取爱。当然绝对不是以指责、强求、命令和压制的方式，而是以爱与信任的方式去索取爱。

我发现一件很特别的事：不少残障妈妈的孩子相较一般家庭的孩子而言，往往更懂事、更孝顺。虽然我不曾对此做过严谨的专业调研，但在我的工作中，我发现这种现象非常普遍，概率之高，不得不引起我的关注。以至于我总是乐于和身体有残障的妈妈聊亲子话题，我发现，残障的妈妈言谈中更多表现出对孩子的感恩，表达孩子的懂事、听话，甚至很多位残障妈妈在讲起自己的孩子时，感恩之情溢于言表，泪光盈盈。

无论是从自身经验，还是与残障妈妈们的交谈，都让我明白了：身体残障的妈妈更擅长求助和表达感谢，身体的障碍使我们需要周围人的帮助，因此她们的孩子从小就意识到需要关注妈妈的需求，并且乐于向妈妈伸出援手。

残障妈妈在得到帮助后会生出感恩之情，这种情绪通过感恩的话语和喜乐的表情传递出去，得到正面的反馈后，孩子会更乐于帮助妈妈。而一般家庭的妈妈往往不太会向孩子求助，遇到困难自己扛，甚至在巨大的压力下也不知如何求助，不得已以发怒或责怪的方式表达出来。孩子还没机会了解妈妈的需要，就被训斥一顿，于是，孩子不仅没机会向妈妈提供帮助，也受不了妈妈的情绪。

没有得到过积极的爱的孩子，容易变得自私自利。

爱是需要学习和操练的，很多孩子根本没有机会去学习爱，就被判不及格了。

因此，爱自己的孩子的机会是珍贵的，给孩子爱父母的机会，也同样珍贵。

我的女儿在几个月大的时候，就知道我的腿和她的不一样，她一岁多时就会帮我去饮水机倒水、帮我拿假肢，我总会为这些小事感到欣喜，这些小确幸也提升看家庭的幸福感。

我会带孩子们去截肢者康复工作室服侍残障的患者，给孩子们创造为他人付出爱和时间的机会，所以我的孩子可以跟身体有任何状况的人友好相处，从不会歧视他人。同样的，他们在集体中也更容易交到朋友，因为人都喜欢与对人友善、情绪稳定的人交朋友。

不是只有残障的妈妈才能向孩子求助，每一个妈妈都可以适当地示弱、友好地求助。你可以尝试这样说："宝贝，我今天身体很不舒服，我很想照顾你，可今天恐怕只能请你照顾妈妈一次，我真的很开心在我有需要的时候你在我身边。"

给孩子付出爱的机会，他们会变得友善，情绪稳定，因为服务他人的同时，也会带给他们认可；一个只得到爱，却没有机会付出爱的人，往往会变得不自信，对自己爱的能力缺乏认识和锻炼，一味地接受爱，反而让他人的爱变得不那么珍贵了。

所以，智慧的父母懂得给予孩子温存和爱，同时也为孩子提供向父母表达爱、付出爱的机会，这不仅是有爱的亲子关系，也可以帮助孩子建立健全的人格。要记得，爱是双向奔赴，给自己和对方一个机会。

当你得到帮助时，不要忘记对孩子说："宝贝，我真的很感谢你在我身边，你带给我很多温暖，你对我的帮助让我觉得好暖心，你真是个充满爱的孩子，感谢上帝把你放在我身边。"这样的话既是感恩，也是爱的表达，能让爱在家中流动起来，让孩子感受到爱和被爱的美好，他们会成为有爱心、有担当的人。

3. 维护孩子的自尊。

每个孩子都有自尊心，我们鼓励孩子自尊、自强、自爱，因此，要时常以积极正面的话来塑造孩子的心灵。父母时常会忽略这一点，发脾气时往往会说出许多伤害孩子自尊心的话。

话语是有力量的，如果不加以约束，就会成为伤人的武器。

我曾见过一位长辈当着众人的面辱骂孩子，那些话对一个成年人来讲，都像一把刀子割在身上一样难忍，更别提针对一个尚未形成完整的自我、毫无反抗之力的孩子了。

任何侮辱孩子人格和损害孩子价值感的话，都不可以从父母的口中说出来。恕我直言，为人父母者，想要得到孩子的尊重，首先要懂得尊重孩子，如果父母对孩子说话随意、不假思考，就不要怪孩子长大以后轻视我们的无知。

儿童绘本《小小话语力量大》，里面列举了哪些话语是积极的，哪些是有破坏力的，这本书对我很有帮助，它提醒我要好好说话。

对于女儿的教养，最重要的是培养她的自信。我认识一位还在读小学的小姑娘，她长得清秀可爱，成绩优异，却有严重的外貌焦虑。她总觉得自己长得不好看，对自己的一切都不满意。也许正因为她的成绩太好，外形不错，反而激发了周围人对她更高的期待和要求，她身边的人常常指出她不够完美的地方，试图帮她完善。

有些人或许出于好意，真的希望美好的人可以变得更加美好，殊不知，这些“善意的提醒”反而折损了女孩真正美好的东西——一颗不被外界裹挟和打扰的平静的心、笃定的人生态度、对生命的感恩和敬畏，正是这些使一个女生看起来不慌张、不自卑，从而散发光芒。

有一次，我跟这位小姑娘的妈妈认真地聊了聊，我希望他们作为家长不要评论孩子的外貌，也不要任由他人评价他们的外貌，而要坚定地站在孩子这边。因为孩子**不是从我们对他们的教导中学习如何面对人生，而是从我们处理一件事情时的真实反应来学习的。**女孩子往往对他人的评价很敏感，我从很小的时候就发现了这一点。

记得有一段时间，我女儿很介意她的皮肤不够白，我几乎从来不评价她的外表，所以我很好奇她为什么会介意这个。留心观察后我发现，因为她长相可爱，别人很容易注意到她，同时也容易关注到他们认为不够好的地方，就会说：“这么漂亮的小姑娘，就是皮肤黑了点，再白点就好了。”

我以前不以为意，但当我发现这些话语对孩子产生影响之后，再遇见类似的评价时，我就笑着回应：“是吗？我不觉得，黄皮肤、白皮肤、黑皮肤都很好看，人本来就不一样，正是这些不一样才让世界变得有趣。”听了这样的回复，路人也就不再多说了。

那天女儿好像松了一口气，她才知道原来对于别人的评价不一定都要照单全收。回家后，我给女儿看了很多图片，让她了解这个世界很大，而且每个人都长得不一样，每一个人都有独一无二的美。

然后又带着她读了一本绘本《小小的我大不同》，让她明白真的没必要关注自己和别人不同的地方，因为每个人本来就不同。现在当别人评论她的外貌时，她可以很从容、自信地说：“人和人本来就不同，我觉得你很好看，我也很好看，我们都很独特。”

得体的仪表是社交礼仪的需要，却不能代表人的价值。如果一个母亲常常关注自己的容貌，并孤芳自赏或感到焦虑，她的女儿在很大程度上也会以外貌为价值核心，并极易出现容貌焦虑；如果一个母亲看起来自信、端庄，对自己的外貌有正确的认知，对女儿的一举一动表示信任和认可，她的孩子长大后一定会有一种健康阳光的美，一种年龄带不走的美。

养儿子的过程中，我发现家长很容易忽略儿子的情绪表达。当儿子不开心时，如果旁边有人在笑，他会变得更生气，因为他的情绪没有得到尊重。

所以，每次儿子生气时，我会保持安静，给他属于自己的空间和时间去消化情绪。等他冷静点了，我再过去抱抱他，问他为什么生气，他给出各种各样的原因。接着我会清楚地告诉他：“是的，妈妈知道了，这真的让你很不开心，那么我们看看有什么办法可以让你好受一点呢？”

我会先表达对他的同理心，之后再去探索这件事情，有时候他愿意聊，有时候他觉得生完气情绪也发泄了，就不用再纠结了。

父母有时候希望把自己的逻辑输入孩子的头脑里，但男孩往往是探索型的，不是填鸭型的。通过说教的方式，女孩子接收的信息相对比男孩子多一些，这就是为什么女生更适应坐在教室里安静地听课，而男孩好动的比例更高，尤其是思维跳跃的孩子更是如此。他们更需要参加户外开拓性的活动，很难通过只听老师讲道理去明白那些我们希望他们明白的道理。但是他们是易受影响型的，他们通过观察和模仿来学习，如果父母是上进的、稳定的、安静的，男孩子也会在潜移默化中成为这样的人。

教导男孩对自己的言行举止负责，也很重要。我的儿子如果做了有损自己和他人的事，不管事情多小，我都会领他去为这件事承担责任。有一次，他在路上看见一个眼睛有疾患的小哥哥，本来是想跟对方一起玩，但他不知道怎么表达，就脱口而出“他是个盲人”，那个小男孩很生气，说：“我不是盲人。”因为他只是眼睛有疾患，但并不是盲人。

于是，我把儿子拉到角落悄悄跟他说：“这个小哥哥不是盲人，他只是眼睛患有疾病，你刚才这么说让他感到很难堪，可能也很伤心，因为他以为你歧视他。”

儿子的表情很难过，我说：“我知道你没有想要伤害他的意思，但是你的确说错话了，他可能也误会了你的意思。”

儿子说："我不是故意的。"

我说："那我们过去跟小哥哥说'对不起'好吗？"儿子就点头了。

我陪着他过去跟小哥哥道了歉。因为儿子当时才三岁多，讲不出太多话，我就替他解释："刚才弟弟看你玩飞盘时很羡慕，很想跟你一起玩，可是他不了解你，就说错了话，他是喜欢你的，很想跟你一起玩，如果你愿意原谅他的话，可以允许他跟你一起玩吗？"那个小哥哥很明显放松了很多，也愿意敞开心跟我的儿子一起玩了，后来他们玩得很开心。

所以，养育儿子，无论多么小的事，无论是不是故意犯错，都需要带他去承担责任，这样他长大后就知道为自己说的话和做的事负责，才懂得规避对自己和他人有害的事。

除了维护孩子的自尊，同时也要维护孩子的界限，孩子的东西和隐私归属于他们自己，就算是父母也不可以侵犯。我每次要用孩子的东西时，都会问："妈妈可以借用一下吗？"尊重孩子的自尊心，尊重孩子的空间、时间，尊重孩子的物品，这样孩子才会拥有独立性和自信心。

其实，为人父母能和孩子亲密相处的时间很短暂，我们现在为之烦恼的很多事，过二十年再回头看，可能会觉得很傻很不值得。也许你现在觉得这道题目很重要，和孩子吵得天翻地覆，可能再过十年，这些题目已经对生活完全没有用了。世界变化很快，我们不知道哪些知识现在有用未来就无用了，以前很多人辛辛苦苦学习的技能，现在却被人工智能代替了，所以去纠结这一时的成绩，为此闹得不愉快，是得不偿失的事情。

唯有三样东西深藏在人心中永远不变：支持人走完这一生所需要的爱、对人生的信心和对未来的盼望。

只要有这三样东西，就不用担心孩子未来的发展。就像我的人生，虽然曾经历巨大的人生风浪，看似那么残酷那么汹涌，但也安然度过了。支持我度过风浪的绝对不是某一天所学的知识，而是心灵深处的信念、希望和爱。

你能把这样的信念、希望、爱传承给你的孩子吗？你自己拥有这样的信念、希望和爱吗？这才是父母需要思考的问题。

在阅读《牧羊少年奇幻之旅》时，我了解到作者保罗·科埃略小时候曾被父母认定为“性情叛逆”而被送进精神病院三次，好在他有足够强大的意志力坚持做自己，后来成为世界知名作家。我先生的弟弟到四岁还不会讲话，但公公婆婆相信他们的儿子只是发育得慢一点，一直相信并尊重孩子们按照自己的节奏发展，后来我先生的弟弟从斯坦福大学获取博士学位，不到三十岁就进入福布斯年轻企业家排行榜，现在拥有热爱的事业和完美的家庭。

即便我们的孩子不能取得世俗意义上的成功，只要他们能够得到幸福，能带给家庭和社会积极的影响力，做父母的还有何所求呢？最怕的是，做父母的按照自己的框架和期望扼杀了孩子的幸福感和生命力。

明朝旅行家徐霞客，云游四海三十四年，写下了《徐霞客游记》，影响了世世代代的人。当时，一定有很多人理解不了他的人生选择，可是他选择按照自己的意愿度过这一生，并最终活成了自己最想成为的样子。徐霞客是幸福的。只有真正成为自己的人，才能留给世界真正有价值的东西。

中国父母一定要让孩子“赢在起跑线上”，这个压力太大了，父母无法替孩子完成考试，所以这就不是家长的课题。

我们的课题是如何与孩子建立亲密的关系，给孩子提供一个良好的生活环境，建立一种彼此信任和尊重的家庭关系，与孩子们之间营造并享受这种爱和被爱的关系，这将会是为人父母带给孩子一生最美的祝福。

面对质疑时如何不内耗

有时候，人会进入“戏精”模式而不自知，只想被关注、被安慰、被满足，不愿意面对事实，实际上，此时外界给他再多安慰也无济于事，他的目的不是要清醒，而是企图掏空别人来填补自己，满足内心被关注的优越感，或者说自卑感。

因此，当一个人不想清醒的时候，外人是叫不醒他的，所给予的情感安慰也温暖不了他，陪着他的人最终也会被严重消耗。除非他自己意识到，要勇敢地面对现实，否则任何人都帮不了他。

那怎么才能帮助他呢？对于尊重真相的人，泛泛的安慰起不了作用，唯有帮助他看清事实才是最有效的安慰。

前些年，在创业的忙碌和压力中，我遇到过一拨耗时很长且性质恶劣的网络暴力，我的账号下出现了很多针对我的人，以及对我的家人、舞蹈和事业等一系列的带有恶意的解读。我从一开始的愤怒，慢慢变成忧伤，再演变成自我怀疑——那些负面的话似乎慢慢让我相信自己真的很没用。

Charles 看到我这么难过，便一直陪在我身边，很多朋友纷纷发来问候和鼓励，虽然也带给我一丝温暖，但忧郁的心情仍得不到缓解。我产生了一种“自己一无是处，没有未来”的消极想法。

后来，Charles 给我看了一条视频，对我说：“你能学会这支舞蹈吗？”

我本无心舞蹈，但耐不住他的央求，便对着手机里的视频学了起来。整个过程，Charles 一直在旁边专心地看着我，他的目光使我对自己越来越有信心。

当我学会这支舞蹈并展示给他看时，他没有评价我跳得如何，却说：“我看着你学舞蹈时感到很惊讶，你怎么一看到视频立刻就能把舞蹈动作自动镜面化了？你的‘脚踝’已经不能动了，为什么还做到一些需要动脚踝才能完成的动作？换成我可能一辈子都做不到，真是太厉害了。”

虽然他说的是我练习舞蹈的样子，我却好像从梦中惊醒：为何要在乎那些对我的人生丝毫不重要的人的看法和说法？

那一刻，我才意识到，在这次网络暴力事件中，我受到外界言论的影响已经失去了自己的立场，而 Charles 一个小小的举动帮助我重新回到事实中：不能因为四面潮水汹涌就忘了自己正潜在海底最安全的地方，我要做的是继续不受打扰地寻宝和享受这片海，而不是去证明自己是否如同外界所说的那样。

那些攻击我的声音否定的只是表面，比如，你跳的舞蹈太难看，动作太僵硬了。但对于这些，每个人都有自己的看法，他们的标准也并不客观。我的努力却是实实在在的，比如，我虽然身体受限，工作和家庭如此忙碌，但仍然能挤出时间尽力去保持心中的热爱，这是激励人心的。

我明白了 Charles 这么做的用意，也迅速从自怜自艾的状态中抽离了出来，那些人口中的我，不是真正的我。而我知道自己是谁，所以不需要去迎合他们扭曲的期待。

那晚，正好一位朋友发来《倚天屠龙记》里的一段武功秘诀，我觉得真是有趣，便录了一段视频留作纪念：“他强由他强，清风拂山岗；他横由他横，明月照大江；他自狠来他自恶，我自一口真气足。”读完真是过瘾，原来人最大的敌人并不在外面，而是自己内心的焦虑、不安、懦弱和愚蒙。

当内心充满勇气时，就重新拥有信心和担当，我依然坚持在自媒体平台分享快乐和积极向上的内容，时至今日，尽管评论区仍然有各种各样的评价，但我已经过了自己心里的难关，只专心做好分内事，别人的话就留给他们自己负责。

当内心有了理想，有了真理，就可以勇敢地面对质疑，就会活得更坚定。

之后，我咨询了律师，提起维权，经历漫长的诉讼，最终胜诉。这个过程让我学会正视自己的权益，在该拿起法律武器保护自己时，就要有理有据地进行维权。

小时候，我们都盼着人生顺遂，但随着年龄的增加，我们会遇见各式各样并不顺遂的事，人活着就是要不断学习一些生而为人必须要学的功课，比如，节制、忍耐、承担，这是每个人无法逃避的。

哭丧着脸去学，可能会因为不够专注而错失良机，导致回炉重学；积极地去学，起码不会把太多精力用来自怜自艾，可以更专注，学成毕业的可能性也高一点。

我想我们必须要在人生旅途中学会这一点：**改变我们可以改变的，在不能改变的事上找到坚持理想与真理的自由。**

有时候，感觉实在太糟糕，即使对自己说一万遍“没事”，仍不能排解心中的郁结，写日记是个不错的选择。毕竟人在情绪的影响下很难准确地表达出心中所想，说出来的话很容易对自己和他人造成伤害，而日记是一种非常私人的倾诉。写日记可以帮助我们倾诉情绪压力，以后阅读的时候又能帮助我们理顺思路，从主观情绪过渡到客观观察和理性思考。

如果一个人总是能客观地看待问题，那就没有什么事情可以损害他的心灵，因为他对事物的判断只剩下“已发生”和“未发生”，剔除感受后，没有任何一件事可以称为“好”或“不好”了。像机器人一样过滤掉所有的资讯，只看到事实，没有感受，但那就不是人类了。

我们生而为人是有感受的，无论是积极的，还是消极的，都有它的意义。因为我们在体会感受的同时，学会了解自己、体恤他人，没有痛过的人怎么会懂得别人受的伤呢？所以感受没有对错，但感受是需要觉察和驾驭的，如果处理不好，它会让我们被迫成为情绪的傀儡，做出自己也不喜欢的事情；如果处理好了，经过健康的疏通与整理，就会成为对自己和他人的祝福。

所以，有个私密的地方记录这些感受不仅很有必要且珍贵，也是对自己和他人的保护，尽可能地缩小伤痛范围。

尤其在恋爱关系中，恋人在磨合期难免出现一些过激的情绪，需要有人能帮他们暂停一下，花一点时间去倾听他们的诉说，或鼓励他们写下创伤日记，也许他们可以安稳地度过这段艰难的时光。

千万不要小看人自身的愈合能力和成长潜力。很多事在发生那一刻会给人一种“天塌了”的感觉，其实只要能安稳地过去，再回头看，就会觉得没什么大不了的。

我一直有写日记的习惯，有些当时觉得非常严重的事，现在回头翻看，甚至会被当时自己奇怪的想法逗笑，也让我明白原来走过那个坎，自己会拥有豁达的人生态度，还好当时没有放弃。当然永远不能放弃自己！放弃了，就看不到现在这个更幸福、更包容的自己了。

过去无论对或错，都是珍贵的，因为它见证了我们来时的路。那条路上，我们也许懵懂无知，也许有很多不足，但仍是可爱的，不断成长的。这样的认知让我们不至于对自己太苛责，也帮助我们不再一味地想要获得他人的理解。

可能现在写日记的人已经很少了，但我仍然热衷于此，并相信它对我们的身心发展有助益。

♦ 放掉恨意，放过自己

当我们受到伤害或不公平的遭遇后，内心会充斥着许多复杂的感受，这些感受加起来，叫作“恨”。

在这种情绪下，很多人容易做出不明智的行为，比如，希望对方付出代价，希望看到对方不幸，有人甚至会逾越法律的边界；或者任由悲愤侵蚀灵魂，让负面情绪捆绑和限制自己，甚至赔上生命，成为他人错误的牺牲品。

我也有过这样的情绪，所以我知道愤恨的情绪非常伤人，它叫人心神不定，无法专注于当下的事，也无法享受生命的美好。哪怕再美好的人、事、物在身边，如果心灵被愤恨缠绕，也会对眼前的一切美好视而不见，甚至还会不受控制地破坏美好。恨会消耗一个人的能量，它带给人的第一个伤害，就是扭曲自己，而唯一的出路就是饶恕。

很多人以为饶恕代表着放过别人，于是心里愤愤然，觉得不公平；实则不然，饶恕首先释放的是自己。只有重新让释放和感恩的情绪代替恨的情绪，你才有机会用另一种眼光去看待那些令你受伤的人和事。

当我面对糟糕的感情关系、不平等的合作关系，以及网络暴力等负面事件时，都经历过这种痛苦，每当在面对被公然攻击、无理争执、情感压榨的场景，会觉得未来黯然无光，在某些时刻，甚至会产生与其同归于尽的极端想法。

人一旦沉浸在悲愤的情绪中，世界在他眼中就会变得扭曲，一切可爱的东西会变得不真实。而任何靠近他的人也会或多或少地被伤害、被指责、被误解、被埋怨，被拖入负面情绪中。

人都有趋利避害的本能，会选择避开一个总是释放负能量的人，从而使“负伤”的人愈发孤独。

因此，饶恕是我们放过自己的第一步。

饶恕不一定都能带来和解，因为和解基于双方的意愿，无法在一方一厢情愿的情况下完成；饶恕是一种对内心仇恨的释放，是从心中做出的决定，是决心不再以别人的错误惩罚自己。

饶恕不是逃避，反而是更有勇气去面对，并有能力以完全不同的面貌去面对伤害。

电影《更好的世界》里，有一个令我记忆犹新的情节：一位父亲因为被误会而招来掌掴的羞辱，但父亲并未还手。孩子目睹了这一切，心里感到愤愤不平，怀疑父亲是因为太软弱才不敢还手。其实是因为这位父亲曾在非洲见到太多人因无法控制自己的愤怒而招致恶果，他不希望孩子以为只有以暴制暴才是解决问题的方法。

为了解开孩子心里的愤怒和疑惑，父亲便带着他们找到掌掴他的人。父亲盯着那个人的眼睛请对方道歉，但对方显然不

讲道理，他不仅没有道歉，反而再次出手扇了父亲耳光，但父亲继续坚定地要求他道歉，对方则继续打父亲……直到那个人被父亲的坚定所震慑，眼神开始变得退缩，最后骂骂咧咧地走掉了。

孩子被父亲的举动惊呆了，他不仅清楚地看到父亲并不是因为害怕对方而不还手，还看到了使用暴力的人的愚蠢——真正软弱的人是他，软弱得只剩下靠拳头这种方法来解决问题了。

正如这位父亲所说："那个人是个白痴，如果和白痴一般见识，那自己不也是白痴了吗？"父亲向孩子证明了什么是真正的赢——那个家伙使用暴力，想要大家怕他，但我不怕他，他就输了。

愤恨是正常的情绪，人们往往活在它强大的影响之下，有时又会受其绑架做出一些不理智的事；其实我们可以从愤恨中看清事实的本质，从而管理好情绪，找到一个更有勇气、更自由、更强大的自己。

如果我们以相同的方式回报恶人，那我们就成了他们的傀儡，不仅失去心灵的自由，也失去了言行的自由，因为我们和对方一样做着令人不齿的事。如果我们能够从愤怒和伤害中学会认清事物的本质，了解这个世界善良和邪恶并存的事实，对光明和黑暗有了全新的理解，并坚持以最能体现生命尊贵的方式去回应，那我们就赢了。

不过，在心态上赢得自我，在事件上未必是个赢家，要记住：事件是短暂的，而品格是永恒的。

就像那个被掌掴的父亲，从事件上来看他被打而受伤，仿佛输了，但他的孩子能从中看到另一种强大，而这种强大远比对方的暴力更加强大。这种无声地对暴力的抵抗，是对暴力的蔑视，更是对勇气和善良的一种赞扬。

忧伤、愤怒、懊恼、难过、痛悔、自责……这些负面情绪都是人之常情，一个从未体验过负面情绪的人是不存在的。

负面情绪的存在很有必要，可以帮助我们检视内心深处尚未修复好的伤痛，人际关系中没有理顺的症结，情感中没有愈合的伤口，还有与人相处的过程中那些有待提升的言行举止与需要树立起来的界限。这个世界或许并不总是那么符合理想，正因如此，我要选择成为一个符合理想的人。

负面情绪如此正常，而怎么去处理、以什么样的视角去看待它们，这将是人与人之间的分水岭。面对相同的事情，有的人可以从中收获一个全新的、更为宽容的自己，有的人却极尽一生来扮演“受害者”或“报复者”的角色。

其实，没有任何一件事能够真正打垮一个人，除非他甘愿把自己交给那些原本就无关紧要的事。

凡事发生必有利于我

Part — 5

✦ 凡事发生都于我有益

许多年前，我曾带着一行人去国外演出，我身兼导演、舞美灯光、统筹、舞台执行和演员……一路上，还安排随行成员的生活，照顾他们的情绪。虽然很疲惫，却很充实。

其间发生了一件事，引发了我的思考。是关于一位演员从哪里上、下台的问题，不知为何，这位演员始终不愿意按照我的安排去做，当我再次试图跟他协商时，他却板起脸，撇开我直接和当地的筹办方抱怨起来。殊不知，为了这次演出，我曾特意请老师教他技艺，他也是因为技艺提升后才逐渐收获掌声的，我认可他的付出，不过他的态度也明显和过去变得不同了。

我不是木头，对此很生气，觉得他办事没有分寸。如果有意见，完全可以和我协商，他面对我说不出什么理由，却对着不了解内情的人抱怨，既破坏团队的形象，又引起内部矛盾，还让当地的筹办方对我们失去了信任。

但是我只能选择接受，为什么？谁让我当初选了一个这么不成熟的人，自己的错误，得自己买单。

于是，我第一时间跟筹办方的负责人沟通了基本情况，让对方不用担心，并承诺我们内部会解决好这件事。

然后，至少深呼吸了十次之后，我起身走到他的候场室。

那间屋子没有灯，在黑暗中，我们几乎能听见彼此的呼吸。我先打破沉默："对不起！刚才的情绪有点激动，我能理解你有你的坚持，我尊重你的坚持，这次上、下台就按你的想法来，如果你愿意的话，我可以握握你的手吗？我希望一会儿你上台的时候心里是舒坦的。"

他显然有点吃惊，伸出手握住了我的手，他的手上全是汗。

我为什么这么做呢？不是因为我认同他的坚持，而是在深呼吸的时间里，我明白过来，不是每个人都有能力承载掌声，有些人从未得到过掌声，一下子涌上来的赞誉，会让他忘了自己是谁，而当一个人开始变得刚愎自用的时候，无论你说什么，他都听不进去。这时候跟他较真是徒劳的，不如顺着他的意思。

他可以忘记自己在这个演出里的角色，但我不能忘。作为整台演出的负责人和执行者，如果演员的情绪不好，影响了演出，我要负责；如果我的心里一直记挂着这件事，情绪有波动，自己的表演也会受到影响，我也要对自己负责。

我的这句"对不起"，是在为自己的职责负责，仅此而已。

那天，他的演出出现了一两次纰漏，下台的时候感到非常窘迫。他看我的时候，眼神怯生生的，我只说了三个字："没关系。"

那天，我的演出非常精彩，观众几乎全场起立鼓掌。

讲这个结局没有半点幸灾乐祸的意思。他的演出失误也许是因为临场运气不佳，也许是当时的功力还不够，无论如何，恰好发生在那天了；而我的演出成功，的的确确是因为我选择了与这件事和解。

人若能在软弱的时候，战胜自己的软弱，就会变得非常坚强。这段插曲的确带给我非一般的信念，我知道那一刻，自己战胜了一些内心原本软弱的东西，这使我站在台上的每一个眼神、每一个动作、每一句话都铿锵有力，有如神助。

后来，我离开了那个表演团，不仅是因为身体上的疲惫，还要每天承受他人的质疑，怀疑我在利用他们。

曾看到过一段话："人越平庸，越容易把自己看得特别重要。而聪明人关注的焦点，永远是怎么把事情做得漂亮。"

也算是及时止损吧，斩断不必要的人和事，人生海阔天空，一个人清净地做好自己，内心也日渐成熟和茁壮。

所以，人这一生会遇到各种各样的人，尤其是当你下定决心要做好一些事情时，会遇到各种阻碍，那些不服的、说风凉话的、跟你对着干的、质疑你的、造谣的、两面三刀的……但凡你想要活得不那么平庸，总逃不过这些事。也许这就是人性。

那么，这些阳光背面的阴影会带给我们什么呢？

带给我们更清晰的认知和眼光，让我们更专注地去做事，让我们直视自己的弱点，是我们从幼稚走向成熟的必经之路，能帮助我们更清晰地找到自己。

一件微不足道的事，挺过来了，就没必要揪着不放。

毕竟一些人和事，只是从另一个角度映照我们的镜子，他人也许未必是好意，但人世间发生的一切，但凡被允许发生的，都是对我们成长的助益。

有的人也许不可靠，而真理永垂不朽。热爱它，就是幸福！

♦ 正确的信念，让我飞跃绝望

1

心理学里有一个著名的“皮格马利翁效应”，是指我们对人、事、物的预言能够成为现实——你期望什么，就会得到什么。只要充满信心地期待着，只要真的相信事情会顺利地进行，事情就一定会顺利地进行，反之也成立，如果你相信事情会不断地受到阻力，这些阻力就会产生。这种被称为积极期望的态度，对我们的人生很有帮助。

很多人之所以不幸福，是因为一直在追逐期待中的目标，而这目标未必是自己真正想要的，可能只是为了满足父母的期望，或为了赢得某种社会美誉度，达成目标后反而会觉得怅然所失。因此，在追逐幸福的路上，我们要尽可能地调整“期待”和“想要”之间的关系，让心中的期待和我们想要达成的目标保持一致，那么信念加上动力，则会令人绽放出动人的色彩。

心理学家罗森塔尔和雅各布森在一所小学里做过一个实验，对小学一到六年级的学生进行了一次名为“预测未来发展的”

的智力测验，他们随机抽取约 20% 的学生，告诉老师“这些儿童的智商不容小觑，未来会大有发展”，老师听后，对这些孩子倍加关注与期待。

八个月后，他们对受试者进行了第二次智力测验。结果发现，被赋予期望的学生比其他学生在智商上有了明显的提高。而且，从其他行为和性格鉴定中也发现，被赋予期望的学生表现出了更强的适应能力、更强的求知欲，人也变得更有魅力。

老师对这些孩子的关注和重视，增强了他们对自己的认可，激发了他们的积极性，使孩子们对自己当下的表现和未来的发展都更具信心。强有力的信心最终改变了他们的智商水平和其他综合能力。

强烈的信念，的确可以在一定程度上使人们实现预期。生活中有很多真实的案例，比如，那些实现伟大发明的科学家、打破跑步记录的运动健将、在生活中创造奇迹的人，往往都比普通人具有更强烈的信念，仿佛在向世人宣告，“只要你想，就能做到”。

不过，这并不是成功的全部因素，除了信念和期望，成功还受其他因素的影响，古人说，“天时、地利、人和”，如果你相信自己所做的事能成功，那成功的可能性就会变大，当然这离不开刻苦勤奋、坚持不懈，与承受失败的能力。除此以外，也会受到随机事件的影响。

所以，“相信就能实现”是一个完整等式的一半，信念要配上对应的行动与品格，再加上良好的时机，才能把梦想照进现实。但这并不能否认信念的重要性。

2

我曾经发起过一个名为“鼓舞”的公益演出，是我在截肢后住院期间登台完成的，这是一支跪在大鼓上跳的舞，它不仅鼓舞了我，也鼓舞了很多观众。后来，电视台播放了“鼓舞”演出实况，我的家乡也有不少人看到了，那时，家乡人民因大灾难的发生正处于极大的哀伤中，“鼓舞”的演出的确鼓舞了不少人。

有一位大姐，不惜路途遥远从家乡赶来重庆的医院找到我，哭着对我说：“一定要把这支舞带回家乡，家乡人太需要鼓舞了。”我被她真挚的情感深深打动，也跟着落泪，那种“家乡人懂得家乡人”的心情把我们的心连在了一起。我哭着答应了她的请求，“鼓舞”义演便是从这句承诺而来。

出院后，我便开始着手兑现承诺。

当时，我和父母住在医院附近的出租屋里，假肢的使用还没有磨合好，出入还需要轮椅和亲人相伴，但我心中对实现“鼓舞”义演的热情，丝毫不因身体的障碍而有所减少。当我对外宣布自己要做“鼓舞”义演时，不少人被这样的热情所打动，很快就有三四十名志愿者聚在家里听我分享，并表示一定会支持我完成“鼓舞”义演。

显而易见，这是一件值得去做的事。但过程并非一帆风顺，我也无法仅仅靠着信念就把事情完成。一个再美好的愿望，也不能仅靠坐在家里用脑子想就能完成，我需要付出相应的行动，忍受等候的煎熬和旁人的质疑，去适应那些带来压力的环境和挑战。

那时候，我常常往返于重庆、成都、德阳、绵竹这几座城市，从一开始妈妈陪伴同行，帮我推轮椅，到后来为了节省路费，我努力适应假肢，慢慢地摆脱了轮椅，开始独自出发。但遇到上坡、下坡或楼梯，还是在心里发怵，也常常在车站摔倒。

有一次，走到一个比较陡的下坡时，手里的行李箱随着惯性一下子冲了下去，我拉不住它，只能被行李箱的惯性拉着一直往下跑，我着急地朝周围的人大喊："拉住我，拉住我。"路人不解地看着我。因为当时我出门都穿长裙，路人根本不知道我使用假肢，没人敢上前。最后，我摔倒在坡下，下巴也被磨出一个圆圆的洞，过了大半个月才逐渐愈合。

尽管如此，我并没有半分抱怨或自怜，因为心中有一个美好的愿望支撑着我，让我觉得这些插曲只是实现梦想过程中的必经之路，甚至还对自己可以克服重重困难而感到欣慰。所以心中的信念是有力量的，使人把目光放在更长远的地方，而不只是看着眼前的得失。

由于我需要在很多城市奔走，寻找可以支持义演的人，挨个机构寻求支持，有时会遇到一见面就热心支持的人，也会遭遇冷脸吃闭门羹；有人愿意无条件地相信和支持我，就有人会无条件地怀疑并赶走我——这都是正常的。而我也在不断地修改计划、方案和沟通方式，从一开始计划做义演，到最后实现义演，我做的计划书和资料堆起来整整一米多高，而且是两大摞。

一开始，有几十个人来家里支持我，后来因为进展不顺利，渐渐传出质疑我的动机的声音，再后来，流言蜚语越来越多，愿意来我家一起商量义演的人已经寥寥无几，最后，连父母都劝我：“做点别的吧，别再折腾这个义演了，不仅花掉不少积蓄，不赚钱不说，你还处处受气。”

每当听见有人跟我说“××总是背后说你”时，我都会反问他，“你是怎么想的？”如果对方选择相信我，我会对他表示感激；如果对方支支吾吾的，我就说：“告诉他们，我还有很多事要做，让时间来证明一切吧。”

我发现，当一个人下定决心去做一件事情时，会迎来很多不同的声音，尽管一开始会感到难受，但是当负面的声音听多了，渐渐地就会习以为常，最终学会看淡是非，专注在真正想要去的方向上。

有一次，我外出奔波的时间过长，到某市时发现已身无分文，没钱再住酒店了。无奈之下，我找到曾工作过的舞蹈学校的校长，希望能在学校借住一晚，同时想向校长借几百元钱作为返回重庆的路费，虽然我们平时往来很少，但校长一家仍热情地接待了我。

听到我为了做义演遭遇了那么多阻碍和辛苦，校长觉得又心疼又不解。他说话向来直来直去，便非常直接地指出我的脑子是榆木疙瘩不开窍，尽做些吃力不讨好的事。看得出来，他的眼神里都是对晚辈的关切。

他的话丝毫没有让我感到不快，反而让我觉得亲切，或许因为压抑得太久了，那天我不再是一副云淡风轻的模样，一开口就忍不住哭了，边哭边说：“你知道我为什么做这次义演吗？以前我一直觉得人活着没意义，人和人之间是冷漠的，但住院的那段时间，很多陌生人都来关心、照顾我们这些灾民，我第一次觉得生命是有意义的，人和人之间是有爱、有温度的。所以我没办法停止。这件事对我而言，已经不只是一次义演的失败，更是在逼我相信这个世界上是没有爱的，毫无利益牵绊的事，人们是没有兴趣的，人心是冷漠的。不！我不相信这些，也不愿相信这些，我相信人心是有爱的，我相信义演是能成功的，我不会放弃的。”

这个经历过风雨，个子不高、长相普通，可一跳起舞来就魅力十足的六十多岁的校长，眼眶瞬间也红了，他看着我竟然一改以往利索地反驳我的模样，半张着嘴说不出话来，最后叹了口气：“既然你这么坚持，那我就表个态，我们从一开始就支持，以后也支持到底。”

第二天，他给了我四百元钱，并送我去了车站。

这不是童话故事，之后的每一天，我还是没日没夜地奔波与忙碌。

当然，最后义演成功了。靠着纯公益的力量，整个过程一环串着一环，终于把梦想照进了现实，缺了中间任何一环，义演都可能会夭折，但有着仿若神迹的力量，这些环节都被巧妙地串了起来，而义演就这样成功地举办了。

演出那天，舞台下面聚集了很多人，有家乡人，也有外地人；有四肢健全的人，也有像我一样使用假肢的人，还有坐着轮椅被推进来的，甚至有被亲人背过来、抱进来的观众；有政府人员，有企业家，有来自各地的志愿者，还有附近的老百姓。

那是一次纯公益的演出，不卖票，不募捐，演员零酬劳，道具、灯光、场地都是志愿者自筹，所有的经费都来自民间和爱心人士的奉献。

演出吸引了来自全国乃至国际的四十多家媒体。演出结束后，记者们围上来采访，我还坐在大鼓上，那一刻，我已经累得要虚脱了，但仍想对每一位前来支持这场演出的人表示感激。我知道这不是我一个人做成的事，而是由所有参与者的爱心共同促成的。

而我唯一付出的就是不变的信念，以及坚持去行动。信念非常重要，如果没有信念，我连跨出第一步的动力都没有，信念、行动、机会加上忍耐，最终才造就了梦想的成功。

幸福也是一样，一个人如果不相信自己能够获得幸福，通常也会表现出与幸福相悖的态度和言行，从而与幸福失之交臂；敞开心扉，相信幸福迟早会来的人，会带给人行动的勇气和有期盼的喜乐，从而获得真实的幸福。

3

关于寻找信念、重建信念，看了上面的文字，你可能会想：我也想拥有能带给我幸福的信念，可是我没有啊，难不成信念还可以无中生有吗？

是的，信念是可以寻找的，如果生命中具有破坏力的信念影响了我们的生活，你完全可以重建信念。

应该如何去建立信念呢？有两个可以思考的方向：

首先，在你原有的信念基础上，找到可以坚持下去的方向

比如，我在做“鼓舞”义演时，因为相信人心是向善的，所以才会生出“这场纯公益的演出一定可以成功”的信念。虽然现实生活中有不少冷漠、残酷的事情，但人的内心深处都是渴望善良的。在某些时刻，如天灾人祸、民间公益活动，会有不少自发行善的行为，我在住院期间，就曾体会到来自陌生人的爱和温暖。

这个信念已经在我的心里扎根了，公益演出的理念与我的信念一致，当人的信念和行动协调一致时，内心就会格外坚定有力量，遭遇困难也不容易退缩。

每件事都是如此，情感关系亦然。一个对婚姻与承诺有信念感的人，自然相信婚姻的神圣，即便婚姻出现不如意的情况，也会积极地想办法去改善，坚韧地忍耐，从而突破重围享受到婚姻的甘甜，对于一个有信念感的人而言，“办法总比困难多”；反之，如果一个人一开始就对婚姻缺乏信心，在夫妻关系遭遇困难的时候，容易抱着破罐子破摔的心态或干脆放弃，没有信念感的婚姻在任何考验和诱惑前面都是岌岌可危的。

美国心理学家泰勒·本—沙哈尔博士，对职场人士提出了“MPS 幸福工作法则”，强调职场的幸福感是由意义、快乐、优势这三者共同构建而成，这三点的重合处往往也是一个人最深的信念所在。如果一个人带着某种信念（或使命感）投入工作时，更容易乐在其中，体验到更多因专注带来的幸福；而当一个人在当下的工作中找不到信念感时，则更容易感到疲惫，也更容易抱怨、“摸鱼”或渴望跳槽。

你内心原本就相信的东西，在此基础上去寻找你可以做的事，这些事和你的信心构成了一致性，就会带给你强有力的信念感。信念感让你做事更专注，遇事不疑惑，生出巨大的力量。

其次，主动验证自己的信念，寻找可调整的信念

在我们的内心里有一些信念根深蒂固，我们压根不会怀疑它们是否正确，便自发地按照它们的引导去为人行事，但其中一些信念很可能并不正确，甚至会阻碍我们获得幸福。

以我为例，读书时，我很害怕上台演讲，原因说来有些好笑，我认为自己瘦弱、矮小。我的内心里有个信念，认为“演讲者都是高大挺拔、很有气场的，太瘦弱、矮小的人上台压不住场”，为此，我对上台演讲特别没有信心。

有一次，我和另一名女生被选中参加演讲比赛。这个女生比我高半头，她这身高优势，让我更自卑了。虽然我早早地写好了演讲稿，但只敢偷偷在被窝里打着手电筒默背，而那位高个子女同学则常在课间背稿，还请其他同学帮忙听，并给出建议，之后她也大方地进行调整。每当有人问我准备得怎么样时，我不是支支吾吾的，就是嘻嘻哈哈地把话题岔过去，想以此躲过讨论这个话题，因此错失了当众练习的机会。虽然我在被窝里已经背得滚瓜烂熟了，但当真正站到演讲台上时，大脑却一片空白。最终，无疑是那位女同学赢得了比赛，而我连复赛都没有进。

因为对演讲产生了刻板的信念，而我又无法成为自己理想

中的样子，所以首先在心理上就输了。练习的时候害怕被人看见、被人笑话，也没办法全情投入，最终搞砸了。

现如今，我可以在任何场合从容地发表自己的观点，我是如何做到的呢?

回顾中学那次比赛，我虽然表现不佳，却在台下认真地看了其他所有参赛者的演讲，我发现，有好几名身形如我这般娇小，却表现优异的参赛者，他们的举手投足间尽显力量与自信，这使我不得不反思旧有的信念是否正确。

此后，为了验证自己的观点，我还看了很多演讲类的书籍和视频，发现身材高大挺拔并不是演讲者的必备条件。于是，我尝试着改变自己，不去纠结身材，把注意力放在演讲本身上。

我开始阅读与演讲相关的书籍，主动参与各种谈话类工作坊，体验和观察作为观众的感知与反应，我还认真地打磨演讲稿，并勤奋地背诵，学习根据不同的舞台风格搭配服装。最终，我过去的遗憾得到了弥补。

可见，无论是对自己，还是对世界，我们都有一些固有的信念。有些信念会阻碍我们的发展，它们像谎言一样欺骗着我们，如果不能觉察，就会因为缺乏信心而给自己设限。

假如你相信一个人是面目可憎的，就很难向他求助，即便他实际上是友善且能帮助你的；假如一个人相信命运是不公平的，就会因为一直抱怨命运，而失去努力的动力；如果一个人认为金钱是肮脏、邪恶的，那他可能一辈子都不会去学习理财和投资，从而错失利用金钱创造价值的机会。

信念影响着我们的判断，想改善那些令我们不满的行为，可以先观察内心有着怎样的信念，给自己一点冒险精神，尝试着去验证这些信念，看看它们是否正确。如果是正确的，信念就可以得到确认，这会让我们变得更加坚定；如果不是正确的，我们应勇敢求真，并活在真相中。

勇敢地走出误区，会有海阔天空的感觉。

我认识的一位阿姨就是这样。这位阿姨的儿媳妇是一个有主见且很能干的人，她认为儿子的性格软弱，跟媳妇在一起一定会被欺负，所以一直牢牢地盯着儿子的小家，生怕媳妇拿捏住儿子，这种信念给家庭带来很多矛盾和痛苦。

后来，她的儿子终于忍无可忍地跟她闹翻了，她更觉得是儿媳妇从中作梗，气得生了一场重病，每天在家以泪洗面。其间，儿子和儿媳不计前嫌地来看望她、安慰她。有一次，儿媳不在的时候，儿子告诉她，是他的妻子每天鼓励他一起回来陪伴她、安慰她的，她听后有所触动，便开始尝试着跟儿媳好好说话了。

通过这次谈话，她才第一次真正了解到两个年轻人的爱情故事，也才发现自己对儿媳妇的偏见是如此之深，原来儿子选了一个又善良又有责任感的姑娘。虽然知道了来龙去脉，但她的心里还是觉得很难过。

在儿媳妇的鼓励下，这位阿姨通过电话接受了心理咨询，通过咨询慢慢了解到，原来她在年幼时曾被寄养在亲戚家，亲戚是个慷慨大方的人，而亲戚的太太却是一个很强势、斤斤计较且欺软怕硬的人，看她的性格内向就不喜欢她，总是处处针对她、批评她，虽然在外人面对她表现得很友善，暗地里却用各种尖酸刻薄的话伤害她。所以，她内心对强势的女人是害怕和充满防备的，甚至把强势与欺压画上等号，并且学会了先声夺人去挤兑可能会威胁到自己地位的人。

当她在心理咨询师和家人的帮助下看清个体差异，并更新了旧有的信念之后，越来越能欣赏到儿媳妇的优点，自己也感受到了轻松，她被治愈了。所以不合理的信念得到更新后，会带给人心灵的释放和自由，这无疑是增加幸福感的。

信念辅佐行动，行动进而加深信念，二者相辅相成，使我们可以努力朝着标杆奔跑。一个人不需要用语言去证明自己，人活出来的生命足以替自己发声，而我们一生的果效都是由心发出，每个人活出来的生命姿态便是自己信念的展现。

我很喜欢这句话："信心，是所望之事的实底，是未见之事的确据。"

这也是我的座右铭之一。信仰路上可以应用，生活中也可以应用。在此，把这句话分享给你，愿我们都能吃自己的信心之果，愿果实都能芳香四溢！

♦ 为痛苦负责，幸福会更多

1

生活中有这样一种人，他喜欢主动跟旁人谈论自己的私事，谈论之前还美其名曰“给我点建议”，然而，当你真心地给出建议，他会全都推翻，说你不懂他、不了解他。

这件事看起来很合理对不对？甚至还会有人同他一起指责你没有同理心、没有爱心，说这时候他要的是共情、是倾听、是接纳。

我想表达的是，遇到这种事情，不要被道德绑架或情绪绑架。如果一个人向你求助，又无法说清楚自己的真实需求，也就说明，他没有得到想要的答案，并不是你的错，你已经给了你所能给予的温暖。这时候，你要学会保护自己，抵挡那些“情感吸血鬼”的伤害，同时反省一下，自己是不是也在对别人做这样的事。

当我们向他人寻求帮助时，在一开始就要说明白，“我来找你说点私事，这些事让我很烦闷，你不需要想办法帮我解决问

清華大學

题，只要为我花点时间，听我诉苦就够了”，你这样讲，对方就可以清楚地了解你的期待，也能更好地帮助你。所以，先弄清楚自己究竟想要什么，再清楚地表达需求，才会让你的人生变得明朗。

反之，如果别人向你寻求帮助，你发现对方并不了解自己的需要时，可以先问他：“你跟我讲这些事，是希望我安静地倾听，还是希望我对这件事给出建议？”如果对方希望听到你的建议，你可以说：“我的话仅代表我个人的看法，我只是很单纯地向你说出来，如果有哪句话让你感到不适，希望你明白，这绝不是我的本意。”

人陷入情绪低谷时，思绪会变得很混乱，与其逢人就诉苦，不如花点时间去做心理咨询，那样或许更有帮助。咨询师受过专业训练，有智慧、有阅历，大抵会比我们随意找的人更懂得怎么倾听、怎么共情、怎么引导。

向身边的人诉苦，对方很可能既无法帮你梳理思路，还会对你造成二次伤害。毕竟帮助他人梳理情绪和思绪，不是一件容易的事，不是谁都能胜任的。但这也不是他们的错，因为他们也只能按照自己的理解给予回应，你就不要指望能有多完美、多智慧了。与其纠结对方给予的方法为什么对你毫无帮助，不如着眼在“他愿意倾听，为我付出时间，已经是有爱心了，真是值得感恩”，这么想，你会开心很多。

我常常提醒自己：当我希望别人给我提出一些人生建议时，就必须接受对方给出的建议未必如我所愿，他们的想法一定是基于自己的理解，我不能强求他们对我感同身受。对方不是神，他们愿意为我付出时间已经很好了，我不能对此抱有不切实际的期待。

而当我遇到烦恼，想要自己慢慢消化，不希望得到他人的意见，那么正确的做法是：一开始就管好自己的嘴，不到处说那些伤心事。

因为我知道：这是我的人生，自己的感受当然只能由自己来负责；我可以寻求支持，却也要做好心理准备，这些支持未必尽如人意，享受情感的支持已让我非常感恩，指望哪个朋友的几句金玉良言就能拯救我于水火，实在是虚妄。

反过来，我也常常扪心自问："我能对他人感同身受吗？"我想我做不到，尽管很努力，却仍有可能在不经意间误伤他人。

所以，我不认同"弱我有理"，人可以软弱，可以寻求支持，但不能仗着自己弱，把内心的痛苦随意释放给其他人，更不能把自己的不幸怪罪到他人头上。

有一位前辈对我说："我不是什么人都帮的，只是有选择性地帮助别人，我选择帮的人有三个特点：一是对方足够谦卑，愿意聆听劝解；二是对方有渴望改变的意愿；三是对方可以付出行动和代价去改变。"你看，真是有智慧！

我曾从死神的劫难中逃脱出来，在我最困难的时候，也非常清楚地知道，你可以向周围寻求温暖，但同时也要积极地给出回应。众生皆苦，如果一个人只能看到自己的不幸，看不见他人的需求，慢慢地，就会把日子过得更不幸。在我向人寻求爱的时候，也要给予他人相同的爱。

有的人所经历的痛苦，一开始是现实中的伤害，之后更多的是自己给的伤害——执意不接受和不尊重现实，活在幻想的世界里，偏执地认定自己是受害者。这样的行为甚至不值得同情，因为他们选择了一条无比痛苦的路。

我希望每个人都能清醒地面对人生，不仅为自己的幸福负责，也为自己的痛苦负责。**一个人不清醒，是因为他选择了糊涂。**一个对自己审慎、负责的人，日子会越来越好的。

2

人不能太闲，人闲生余事，这里说的“闲”，不是指整天无所事事，而是指没有足够的生存压力，精神上空虚，为人散漫。

闲，不是懒，而是一种缺乏主动意识的、思想上的惰怠。**当人无力面对现实时，会下意识地选择蜗居在舒适区，身处那种看似舒适却始终缺乏安全感的状态。**

很多人觉得，我能走出苦难，获得今天的一切，是因为幸运，但我不想这么认为。

我认为，命运对每个人都有恩典，但有些人错过了。我也只是个普通人，我只是没有无视恩典，并对此负起了应负的责任，积极地回应了我得到的恩典。

有网友留言：“你怎么那么幸运，遇到那么好的老公。”我也不认可这样的说法，一个人如果把幸福寄托在另一个人身上，说明他的抗风险能力很弱，当外在客观因素稍有变化，就会影响到他对幸福的信心。假如我遇到一个好伴侣，却不懂得维系亲密关系，稍有不慎，幸福也会转瞬即逝。把婚姻过得一地鸡毛的案例并不少见。

在任何环境里，人都要时刻警醒，清楚地知道自己的边界在哪里。任何人和事对我们的忍耐，都是有限度的。

别让自己从心到身都消极地闲散下来，也别为过得不好而找借口，这会让我们与幸福背道而驰。

举个例子，多年前，我曾得到一个机构的支持，从那里免费获得了假肢，当时一同得到这家机构资助假肢的还有其他患者，但只有我一个人硬生生地把这对假肢练出来了，并且用到了极致。因为假肢是免费的，据我所知，其他人并没有珍惜，拿回去后也没有克服身体的不适去努力练习。

我刚开始使用那对假肢回四川的时候，还必须坐在轮椅上。一开始，站起来仅五六分钟，腿部就胀痛难忍，出门必须带着轮椅。那时候，我并不知道这种疼痛会持续多久。我也想过，实在不行，就用回老假肢吧。但当我重新穿回那对技术落后的老假肢时，发现更无法适应了，没办法，只能继续硬着头皮去适应新假肢了。

当肉体经历苦痛时，意志很容易被消磨，人很容易走向消极闲散。也正是这个原因，我变得更为警醒。在家里靠意志力面对新假肢时，我只能感到难受，有时候甚至一整天都不穿假肢，待在家里胡思乱想；后来我想，倒不如走出去，让恐惧和无助随我一起走出去。

当我发现还有许多事要做，不得不为生存的压力发愁时，反而有了勇气。

我曾在忍耐中挨过许多个场合：车站、排队结账处、办事大厅里、像大山一样挡在我面前的阶梯前、舞台上……下雨天一不留神，我就会四仰八叉地摔倒在地，周围面带惊诧的人群像潮水一样靠近我；在商场里试穿裤子试得满身大汗，也买不到一条合身的，为了缓解尴尬只得自嘲；甚至站在好友面前谈笑风生时，谁都想不到，这个笑得没心没肺的人，其实正在汗流浃背地忍受着身体的不适。

以上种种场景，无论是当时，还是此刻，都不曾让我觉得自己很“惨”，我也不曾为此流过一滴眼泪。相反，我感到非常欣慰。我甚至觉得，那些时候的我更像是一个活生生的人，是我想象中最有尊严、最值得拥有尊严的人。我迎着恐惧和困难继续前行，勇敢得像一个战士。

慢慢地，穿戴假肢越练越好。当我遇到 Charles 时，甚至能跟他一起去跑马拉松，陪他逛工具市场，一逛就是几个小时。怀孕的时候，我每天能爬三十层楼，整个孕期没坐过一天轮椅。所谓的并肩同行，爱情也是要适配的。

以前，每当身边的人看到我跳舞、抱娃都不耽误时，以为截肢似乎也不是大事，更有甚者向我诉苦：“我好羡慕你没有腿，不像我穿高跟鞋脚脖子都酸了。”对此，我也懒得提醒对方，我可是天天跪在假肢上走路啊。

后来，Charles 创立了截肢者工作室，朋友常来做客，当他们看到来来往往的截肢者，才发现，原来康复训练耗时那么久，锻炼的过程如此艰难。

倒是我都快忘了最难的时候到底有多难了。

人如果太闲，就会把身边的小事无限放大，然后脱离现实生活，生出许多烦恼和不切实际的幻想。

但幻想解决不了任何问题，也无法改变现状。

一个人如果能走出去，跟痛苦和恐惧面对面硬刚，就能把它们甩在身后，也就没心思胡思乱想了。

3

说完自己，再说说孩子吧。

每当我看见一些家长因为自己缺乏安全感去限制孩子的发展，并美其名曰“保护”时，我就觉得遗憾。我想最惨烈的守护，不过是父母替孩子承担一切，努力让孩子避开人生历程中潜在的危险和疼痛。

殊不知，等孩子进入社会之后，才发现自己的天真和无力。人如果缺少穿越困境和痛苦的经历，哪里寻得探索无尽未知的底气？而这样的人生无疑是软弱的。

美国家庭治疗学家卡瑞尔·麦克布莱德在《父母灵修学》中也阐述过类似的观点：“不计代价地避开灾难和痛苦，在娇生惯养中成长的孩子，比较容易产生上瘾、过胖、依赖、自杀、无能，以及经常出现被生命压得喘不过气的现象。成长之痛不单是膝盖痛而已，也是心痛和灵魂的失望，这些是通往成熟的必要经验。如果我们出于保护孩子的目的，不让他们经历任何风险、挑战和可能发生的拒绝，他们可能会发育不良，一直都不成熟。出于爱，我们的灵魂必须强壮到能看孩子受伤，看他们失望，听他们哭泣。否则，我们就在冒险中养大一个内心空洞、安全且唯命是从的孩子。在这个方面，我们的不成熟和灵命软弱会让我们养出心理残障的孩子。”

是的，**不能直面人生风雨，才是真正的残障。**

所以，我从来不抱怨命运不公，或世道不好。不是我盲目乐观，而是学会接纳事实，无论命运是否公平，抱怨都不能改变其分毫，那就站在不公和不好里，勇敢地走出去，不停地走出去。因为在一潭死水里，人会更无力，走出去至少可以呼吸到新鲜空气。

可以输事情，不能输生命

我曾经遇到一件非常恼火的事，在创业时被不公平地对待，对方还不放在明面上做事，而是背地里搞一些小动作。我是真的非常生气！气到什么程度呢？气到下巴长痘、心跳过快、失眠早醒。我越想越恼火，又不愿意违背良心也去搞小动作，于是就在微信里坦坦荡荡地把对方怒怼一番。

对方形容我的言语是“谩骂和指责”，我只承认那是指责。因为我觉得“谩骂”这个词听起来像是泼妇骂街，但我没有公开发飙，只是耿直地把心里的怒火丢到他面前而已，尽管用了“缩头乌龟”“无赖”，但仍然觉得比起我所承受的损失、委屈和压力，这只能算是指责。

本以为自己还算是君子，心口合一，怒怼之后，也不会做任何小人之事。

可接下来的几天，我的心里却非常不安。这种不安是复杂的，是集烈怒（遇到跟你扯皮有理讲不清的人的极度气愤）、委屈（觉得自己莫名陷入被动局面很无辜）、恐惧（害怕对方做出更没底线的事）、懊恼（懊恼当初做出信任对方的决定），以及其他无法形容的糟糕感受于一体。

之所以会有这么大的反应，不是因为我把事情都归责于对方，而是因为我知道，任何将自己陷入僵局的事，不管对方做得多过分，自己都脱不了责任。为什么允许他人轻易踏入自己的疆界，而不是更多的观察和更审慎的判断？

当然，一个显而易见的错误背后，通常还有一连串的小错误，大大小小的错误判断导致了当下糟糕的局面。这种集愤怒和懊恼于一身的感觉实在是不好。

在这种情绪的困扰下，尽管我每天都按部就班地做事，但心里还是浮现着难受的感觉，我根本做不到无视它。我知道，最大的问题在我心里，如果这个问题不解决，即便表面看起来恢复如常，但心灵深处的伤害会发炎化脓。事情事小，生命事大！

恰好那几天莫名其妙地看到很多提醒我的话，包括“不轻易发怒”“语言是有力量的”“行事急躁是愚昧”等，我一看就觉得更烦闷，因为我想生气、想发泄，为什么全都要提醒我别生气？难道受了委屈连生气都不可以吗？于是，我刻意忽视那些提醒。

几天后，我的女儿也因为和别人发生摩擦而产生情绪问题，需要我去面对。在我耐心温柔地陪她哭、安抚她、引导她的时候，明显地感觉到踏实——我给她的爱让我和她都感到很踏实。女儿经过这样的陪伴后有所释放，又重新做回那个快乐的小女孩。

女儿好了，但我还没好。医人容易医己难。我知道自己在面对他人不公平和不光明的言行时，内心有一种难以平复的暴躁和忧郁。

有一天，女儿让我陪她读绘本。我便让她随便选一本书，她选了一本《小小的语言力量大》。我原本很喜欢这个儿童绘本，但当时翻开那本书，觉得每个字都那么刺眼。书里的内容是：哪些语言对人有益，哪些语言对人有害……那时候，我只想吼出那些糟糕的语言。

当我跟女儿读绘本的时候，我心里真实的感受和所读的内容形成了鲜明的对比，我觉得非常讽刺。结果那本书没读完我就放弃了，我对女儿说："宝贝，妈妈需要处理一下自己的心情，你先去跟弟弟玩吧。"

支走女儿，我忽然很想哭，便叫来了丈夫，在Charles面前，我毫不掩饰地发泄。他耐心地陪伴和聆听，脸上没有流露出半点厌恶的表情。人在被爱的时候会变得柔软下来，于是我哭了，说："其实都是我的错，为什么我这样无知……"

他安慰道："不是你的错，是我的错，我没有保护好你，是他们的错，他们的行为大错特错。"其实他说什么不重要，在这个时候，坚定不移的爱比什么都重要。

释放情绪后，我逐渐明白心里的不安来自何处了，那些烈怒、委屈、恐惧、懊恼，都来源于我觉得，自己只能被动地迎接它们的来临，我无辜受害，其实是心里没底；明明知道如何做出正确决定的，却偏偏做出了错误的决定，奈若何？

是这种没底气的虚弱感让我感到愤怒。我们往往误会了什么是强大，不是看起来很强势，摆出一副掌控全局的姿势就叫作强大，真正的强大是拿得起、放得下，受得住委屈，输得起。

能够承认自己的过失，却不被失败所困住，勇敢地继续前行，前往光明美好之处，才叫强大。

很多时候，如果我们做的事情出现问题，即便我们没有明显的错误，但在某些地方一定存在疏忽或盲区。这时候，跟自己或别人较劲，恰恰是弱小的表现。这也是一种骄傲，因为不敢相信自己也会犯这种低级错误，懊悔自己当初做的决定。其实我们都是人，生而为人，就必有作为人的局限和盲区。

哭过之后，那天晚上我才安心地反省自己，不再为自己喊冤，而把最深的软弱都交付出去：天啊，我真的就是这样一个弱小无知的人，愿我再也不犯同样的错误，我决心放下此事，重新出发。

后来，我跟对方进行了沟通，为“缩头乌龟”“无赖”这种攻击性的词语道了歉，并表明我愿意承担损失，期盼把事情做一个双方都能接受的、没有受伤的了结。

怎么说呢，既然说要承受损失了，为何还算作没有伤害？损失是真切的，但损失不等于伤害。如果只是被动地承受损失，肯定是有伤害的，起码是对心灵的伤害；但想通透了，损失也就成为成功之路上的必要因素，既然如此，损失也不叫损失了，而是功课。欣然上了这堂课，缴学费是理所应当的。

事后回头再去看，还真没什么大不了，无非是在这个项目上花费了一整年的时间替他人作嫁衣。自己认知不足，花一年工夫去学习，也不算亏。有点傻，有点笨，这不也正是人生常态？又有谁是特别聪明的呢？聪明人一般不会告诉别人他们犯傻的事儿，都是摸着石头过河，边走边琢磨罢了。

每次我看到有人想在某件事上找到速成的方法时，就能判断出他大抵不会成功，因为这是违背自然规律的。所有真正有价值的目标，都需要经历无数次试错，要走很长的路，熬过许多不确定因素带来的颠簸震荡，一路向前并不断地辨别真伪，持续积累智慧并养成良好的习惯，只有这样，才能成功。成功靠的不是侥幸和小聪明，而是长期坚持去做对的事。

一件事的失败不算失败，一连串的决策失误也不算失败。有首歌这么唱："自信打不死的心态活到老！"

没什么东西重要到不能被人夺走，只要心里有敬畏，眼里有真理，即使偶尔受点伤，经历挫折与不公，也没什么大不了的，这些经历反而能成为老去时讲给儿孙听的精彩故事。

♦ 幸福心态小妙招

我是一个不在乎起点的人，并且我认为：好起点不如好心态。

很多人的起点不错，但心态不好，走着走着就慢慢偏航了。我也不是天生就有好心态的，在经历过生死和许多次挫败之后，才能稍稍以向死而生的眼光去看待很多事，也才有了所谓的好心态。

其实，好心态是在知识和阅历增加到一定程度后自然练就的，不逼迫自己，也放过别人，懂得在爱里安心享受，就会有好心态。

人际关系中，边界不清会让人陷入内耗而无法自拔，内耗多了，自然难有好心态。

那么在人际交往中，如何获得通往幸福的好心态呢？

1．不要怕丢脸

我们都知道一句话，“只要你不尴尬，尴尬的就是别人”。事实的确如此，在别人眼中，我们根本就没那么重要，当你觉得丢脸时，旁观者其实根本就不再继续关注你了。

每个人真正在意的都是自己，而非别人。当你懂得这个道理之后，就不会那么在意所谓的丢脸了。只要不过度联想，它就是转瞬即逝的一个瞬间而已，根本伤不到你。以为身上沾了灰，就会一直去拍；其实你不理它，走着走着，灰自然就掉了。

只要你不在意，尴尬的那个人就不会是你。

2．别把精力浪费在不必要的人和事上

有时候，你会遇到爱抬杠、没礼貌或不懂得尊重他人的人，不要和对方争论，更不要试图改变对方的想法。因为这是在给对方机会，让他将你拉到同他一个层次。

礼貌和尊重是一个成年人最基本的处事原则，如果他连这个道理都不懂，说明他还没长大，作为一个成年人，他听不懂你的话也无可厚非，不如爽快地回一句“你说得对，你说得都对”，然后尽快远离他。

生命短暂，把注意力放在那些真正值得你注意的人和事上，人生会变得更明快。

3．丢弃受害者心态

你是不是很在意别人的言辞和神情？留意别人是否话中有话，眼神里是否有歧视？

其实，与其对外界有负面揣测，不如试着把揣测别人心思的时间用在提升自己的学业和事业上，或专注于你感兴趣的事情上，用学到的技能去帮助周围的人，会让你收获巨大的满足感。

当你能从自己所做的事中感受到快乐，体会到成就感时，

就能获得更多的自信和力量，也就不会再在意别人看待你的眼光了。

4．人际关系中除了友善互助，也需要建立边界保护自己

善良，意味着不去伤害他人。但善良如果没有边界，可能会伤害自己或爱你的人。所以，善良需要带一些锋芒，人生之路才会走得踏实宽阔。

如果只懂得与人为善，却不懂得给自己建立边界，就容易陷入人际关系的消耗中。用善良讨好那些讨好不了的人，会使你失去很多珍贵的时间，从而无力专注重要的人和事，也会让你错过真正爱你的人，或提升自身的机会。当能力匹配不上心里的善良,你就会成为别人眼中的“老好人”,根本无法赢得尊重。

越是内心柔软的人，越需要建立边界来保护自己。边界感不是冷漠，不是无所谓，而是在在乎别人之前，先学会在乎自己，也借此让别人明白：我对人好是有度的，你如果也在乎我，就应尊重我的边界，如果你罔顾我的感受，逾越了边界，那么对不起，我的世界不欢迎强盗。

5．如何面对质疑

对于一个有能力又受到关注的人而言，存在质疑是再正常不过的事情了。人人都说你好，不代表你一定好，反之亦然，可能只是立场和原则不同。

有些事没必要回应，比如，有人说我是个外星人，如果我回应他，不就让自己也显得很可笑吗？如果有人因为某件事跟

我较真儿，那就看我的心情，想回应就回应，不想回应就忽略。我们活着，不需要什么都向人交代，即便要交代，也要考虑值不值得我们这样做。

那些发自内心觉得值得的事，不管有多少质疑声，也不管质疑声多么强烈，我们都应坚持下去。事情成了，明眼人都看懂了，质疑声也就不攻自破了。

6．不下论断，就是智慧

其实，谁也别说自己多么清醒，能看懂别人的故事，指挥别人的人生。我们都只能看到视野范围内的那一点点风景。但人性里就是有一种莫名其妙的，喜欢对别人的生活指手画脚的冲动。

这也是我每次觉察到此，会在心里暗骂自己“有病”的时候：你以为你是谁呀，自己的人生还没搞明白呢，怎么就把别人的人生看透了呢？

虽然我这些年已经在练习“只是观察，不做评价”，但仍然觉得很难。

面对别人的人生，不下论断，就是智慧。

从缝隙中去寻找微光

Part — 6

♦ 语言拥有惊人的能量

通过观察可以发现，有智慧的人即便是对最亲近的人说话，也是有分寸感的。我曾经不懂得这个道理，现在却将它视为守护格言。

语言的力量是惊人的！我们和别人说话，就好像是在向人分发礼物，有人可以给予他人宝贵而纯洁的礼物，而有人则赠出破烂而污秽的礼物。然而，我们送出怎样的礼物，必将收到同样的回馈。那些送出宝贵礼物的人，不仅自身受益，也将垂裕后昆。

“良言一句三冬暖，恶语伤人六月寒。”如果不确定即将说出的话是否有益，保持沉默，也好过说错。言语不仅是发声，它需要被听见、被懂得，言语是爱的桥梁，我们要学会珍惜自己说出的话。絮絮叨叨往往会沦为背景音而被人忽略。

不说也不见得好，恰到好处才行。

珍惜自己说出的话，并不是不去表达，而是要练习如何准确地表达自己的意见。如果我们表达的内容不准确，自然不能怪别人不理解，而是要反思，我说话的时机和面对的人群是准确的吗？表达的观点准确吗？

经常见到有人一边和朋友分享秘密，一边又叮嘱对方千万别告诉别人。结果可想而知，再去怪他人不能为自己保密。如果真的是非常重要的秘密，在告诉别人的那一刻，已经是不尊重自己了。

在婚姻里，当一个人对伴侣表现出不满时，也许是希望对方能体谅自己。如果出口尽是对伴侣态度恶劣的责备之语，那对方又怎么可能体谅呢？指责会消耗爱，被激烈指责的人心里会生出仇恨，那真正的问题就失去了解决的管道（管道即是爱），这种表达不如不表达。

一个人不仅清楚地表达自己的感受和需求，能给出解决方案，同时还懂得尊重对方的感受，这就要求我们学会克制情绪。节制是一种美德。

在一部分人看来，这也许很“辛苦”，我曾经针对夫妻做过对话辅导，鼓励一方向伴侣提出自己的需求，有人说：“什么都要我说，那多没意思，相处着多累啊，肯定是不爱我。”看，短短一句话，卸掉了自己的责任，也抹杀了爱人的付出。

用对方能听得懂的话耐心地沟通，是一件非常必要的事，需要经过思考和努力。两个人在一起，不能理所应当地要求伴侣什么都懂你，自己有时尚且搞不懂自己，凭什么要求别人呢？问问自己的心，“我懂得自己吗”，找到内心的答案。

假如一个人能够准确而真诚地表达出内心的感受，明确地提出需求，必要时恳切地邀请他人走进自己的心灵深处，理解自己的处境。这并不掉价，反而显得珍贵，因为这足以说明，他是一个自爱且理性的人。

在婚姻里，清楚地告诉伴侣自己的感受和需求，尽管这脱离了偶像剧情惯有的“心有灵犀”的桥段，却能帮助我们了解自己，练习理性表达，基于事实去思考，能避免很多“幻想”带来的痛苦。

其实，真实的爱情里没有那么多心有灵犀的时刻，默契建立在彼此良好的沟通和耐心的聆听之上，并非仅仅依靠感觉。感到伤心或压力时，更需要好好沟通，在情绪崩溃之前把想说的话都说出来，让对方做好心理准备，陪伴自己迎接挑战，这才是夫妻之间真正深刻的默契。

美国创伤治疗专家诺曼·莱特（H.Norman Wright），在面对妻子罹患恶性脑瘤的哀痛时，写了封信给他的朋友，以对外说明情况。

亲爱的朋友：

最近，我面对着极大的哀痛。我现在仍在悲伤之中，也知道自己可能要经历好几个月，甚至几年，才可能恢复过来。

我想让你知道，我可能会哭泣或掉泪，但这不是因为我软弱或信心不够。眼泪是上天给我的礼物，让我能够抒发内心的苦楚；它也是我在复原过程中的信号和疗药。有时候，你可能会看到我显得愤怒、烦躁。坦白说，我自己也不知道会有什么样的情绪波动。但我知道，因为这份哀痛，我的情绪可能显得比较激烈。

如果我使你感到不解，请你原谅，并给我多点耐心。如果我不断地重复自己所说的话，也请你把它看作是正常的。

最重要的是，我需要你的谅解和陪伴。你不需要知道该对我说什么。如果你不知道要说什么，就什么都不用说，因为你的陪伴或拥抱能让我知道你的关心。如果有很着急的事，请不要太期待我会主动跟你联络，因为，有时候我会感到非常疲倦，而且会止不住自己的眼泪。

如果你发现我畏缩起来，请提醒我。在未来的几个月，我非常需要你的关心。请为我祈祷，让我能够明白这件事发生的深层意义，并帮助我去发现上天的爱与安慰。如果你在为我祈祷，对我会有非常大的帮助。

我觉得这是个很好的沟通范本，大家不妨多读几遍，感受一下诺曼在这种极度痛苦的处境中如何对外表达。我深信，任何一个接收到这样信息的、爱他的人都会懂得该怎么做了，当我们有信心得到周围人的支持时，也更容易痊愈。如果一个人身处不良的环境，封闭内心不去表达，或者是不断向外做出恶劣的表达，他生命的状况恐怕只会越来越糟糕。

如果因为沟通不畅感到举步维艰，不如丢掉那些充满攻击性的、消极性的表达，尝试去梳理自己的内心感受和渴望，用全新的面貌去面对自己和身边的人，做一个热爱生命，也被生命热爱的人。

♦ 活在爱里，没有恐惧

有一段时间，我的眼角膜上皮损伤，医生往我的眼里放入一片绷带镜，并给我开了三种药，每天分别要点三次、四次、三次，轮番点下来，白天的十几个小时就过去了。

闭眼休息觉得无聊，但又不能用眼过度，只好听听书、跟人聊天，或者去楼下晒晒太阳……那段日子特别不真实，总觉得不用眼睛的时候，大脑会产生虚幻感。

为了让大脑感到踏实，我总想找点事做。我用手机语音转文字的软件记录心得体会。时间不长，中间却穿插着来自老妈、老爸、老公和女儿的训话："叫你别看手机""你闭眼躺着去""叫你别看书""叫你别碰手机，医生不是说你这眼睛就是用眼过度才反复发作的吗"那时，一岁多还不太会说话的儿子，也跟着他们咿呀呀。

其实，角膜上皮受损是两年前跟孩子玩时被误伤导致的，虽然反复发作，但也不至于整天闭眼躺着吧。

说实话，我的确没有遵照医嘱，所以第一次复查没通过。当时我下定决心，要听医生的话。但没过几分钟，又不听话了，还是想拿手机记录心情。人只要不疼到骨子里，总有一种盲目的乐观精神，心存侥幸。乐观总是好的，比如，我在养病期里无数次设想，如果有一天我看不见了，我还能干点什么？我想有一个朋友应该会开心，因为她特别喜欢我的按摩技术……

闭上眼睛，头脑似乎更活跃了，灵感就像打火机一样，稍不留神就迸出火花。

眼前一片漆黑，走几步都没安全感，才发现眼睛多珍贵呀！那盲人要怎么生活呢？我在家里模拟了一下，闭着眼睛去倒水、做家务，但很快就放弃了。实在没有安全感，一不留神还给别人添乱。这么想着，我突然对盲人心生敬佩，惊叹他们练出在黑暗中生活的好本领。

回想自己过去的三十几年，上苍赐给我最美好的礼物是什么呢？坚强、乐观、忍耐、责任感、哲学思考，还是同理心？想着想着，我竟然忍不住笑了……还真都不是，因为我发现陶造自己生命最珍贵的竟然是失败。

和那些天资聪颖的人不同，他们通过教与授习得知识，并成功运用在生活中，而我习得智慧的方式是经历和感受。痛是什么感觉、悲是什么感觉、乐是什么感觉、爱又是什么感觉……于我的人生而言，何为错误，何为正确？

通过这些经历，真切感受和所学所悟，才有可能被我发挥得淋漓尽致。

就像刚刚安装假肢的时候，走路总是不受控制地摔倒。医师屡次提醒我怎么走路才不会摔，学是学了，可还是经常摔得四仰八叉。摔倒的那个瞬间头脑最灵活，想着下次用哪个姿势倒下去，就不会受伤。摔的次数多了，反思多了，就形成了技巧（纯属私人分享，切勿模仿），现在摔倒的次数少之又少，大脑已经能够灵活地配合动作了。即便摔倒，瞬间就能找得到合适的姿势，摔不伤也摔不痛。别人摔倒在不知不觉间已然受了伤，而我可以在不知不觉间激发出超能力进行自我保护。其实，什么超能力啊，不过是熟能生巧罢了。

所以，我不怕久病成医，大抵就是尝试、失败、摸索、忍耐、等候、突破，逼急了、痛极了，自己在家发发疯，很快就能傻乐呵，然后再接着等待突破的机会，或是安于现状，自我安慰：“宝贝儿，别傻了，活着就挺好。”

新的情况让我焦虑，没有失败的经验，就不知道怎么处理和避免。

但失败一次反倒能让我胸有成竹。因为一件事有一万条路可供选择，对的路不止一条。如果失败了，就等于尝试过一条错误的路，今后避免就好，多开心。

这么一想，面对新情况也就不再害怕了，反正失败的次数多了，就能积累更多经验。实在摸索不出来的，也知道应该去向哪一位前辈请教。这样一来，得到的答案肯定深刻至极。

人生在世，什么事都挺好，幸福几乎唾手可得。

就像我常跟年轻人说的，跳舞不必纠于结舞台的大小，只要你跳得尽兴，跳坝坝舞也能看到聚光灯在闪烁。

人生路漫漫，充满着不可预测，值得警醒和期待，这也是生命的魅力所在。就是这么跩！

♦ 把挫折变成本事，把小事变成乐子

本来是糗事一桩，但每次讲给朋友们听，大家都笑得合不拢嘴，最后也就变成了我的小乐趣。今日也分享给正在读这本书的你吧，愿你的未来平安喜乐！

讲讲我是怎样学会剖鱼的。

女儿出生之前，我们住在上海。那时候，我常常邀请一些年轻的朋友来家里吃饭。有一天，我邀了一对夫妻来家里小聚，是我很喜欢的一对小夫妻，和我又是老乡，所以我很想做一道麻辣鱼。前一天就开始准备食材，想着聚会当天再去买一条鲜鱼回来，真是完美。

没想到，孕期激素分泌不稳定，那天晚上我没睡好，连带着去买鱼的时候心情也不好。到超市的鱼摊前，前面刚有人买过鱼，鱼被鱼摊小哥收拾得干干净净。没想到，轮到我买鱼的时候画风突变，鱼摊小哥就是不肯负责剖鱼。我一脸蒙，家里可没有刮鱼鳞的工具，而且我根本没剖过鱼。于是我就问："为什么前面的顾客你就帮他剖鱼了？"鱼摊小哥答："那位顾客买

的是 ×× 鱼（比较贵），你买的是 ×× 鱼，这种鱼不给剖。”

我心想，凭什么因为买的鱼不同，还能不给剖？哪有这种道理？

我不服，就和鱼摊小哥争论起来。然而，鱼摊小哥对我的态度特别不屑，让我觉得作为一名顾客被他冒犯了。最后我说要去投诉他，结果小哥瞪了我一眼，压根没搭理。我真的去超市柜台前询问，在哪里投诉，没想到对方也不搭理我。

于是我怒火攻心，又回到鱼摊前说："你剖不剖？信不信我把鱼摊给掀了？"小哥反倒笑了，说："那你掀呗。"

我仗着怀孕期间一点就着的暴脾气，真把其中一个放鱼的板子给掀了（上面已经没几条鱼了）。紧接着，我都没敢看那个小哥的表情，立即转身跑掉。回到家，我还觉得心有余悸，平复下来后给 Charles 发了条短信："晚上早点回家，顺路帮忙买条 ×× 鱼，要剖好的，别去 ×× 超市买。"

晚上的聚餐还是很开心的，这个插曲也就不好意思提再了。过了好长时间之后，我才把这件事情当笑话讲给那对小夫妻听，二人听后乐不可支。得，又傻又尿，可劲儿笑吧。

话说回来，那天我平复下来后，心里觉得不安，想着那位鱼摊小哥应该也挺郁闷的吧。正值过年前夕，于是我偷摸写了张卡片，想带去超市当面向小哥道歉。没想到，去超市逛了几次都没见着那位小哥，不久之后也因为邻居装修房子太吵，我们搬家了，只好作罢。

后来，我买了十公斤冷冻深海鱼放在冰箱里，也买了鱼鳞刮刀和剖鱼剪，自学剖鱼术。每隔几天就解冻三五条鱼，竟然也学会了一门手艺。

只要家里来客人，就表演剖鱼给他们看，也收获了不少姐妹们的艳羡表情（或许姐妹们只是给我面子，回家跟老公说“廖智疯了，买了一大堆鱼在家，见人就剖”）。

当时只是简单地觉得，不要把自己局限住。把挫折变成本事，把小事变成乐子。

后来，公公婆婆来上海看我们，也欣赏了我的剖鱼大法，婆婆一直笑着看我剖鱼，一提到这件事就笑：“儿子属牛，果然娶了个牛媳妇。”

再后来，Charles 问我：“老婆，家里的鱼还有多少条啊？啥时候才能吃完呢？”哈哈，煎、炖、炸、烧、蒸……鱼。老公见到鱼就怕。于是，又请了几波老友轮流来聚。终于，十公斤鱼被吃完了。为了庆祝这一大喜讯，我和 Charles 点了双份外卖，他点了汉堡，我点了麻辣烫。

生活不就是这样吗？难免遇上别人或自己不可爱的时候，把不可爱的事变成可爱的生活，虽然世事不尽如人意，但勉强也算滋味齐全了。

♦ 不被裹挟，做充实幸福的全职太太

出版第一本书《感谢生命的美意》之后，我的工作变得繁忙了起来，演出、演讲、签售排得很满，在全国，甚至全世界到处飞。那时 Charles 也需要经常出国出差，我们两个人的网上联络的时间远大于相处的时间。商量之后，我们一致认为，有一个人负责管家，会对家庭的建设和经营更有利。而我相对比较自律，除了事业以外还有很多其他爱好，所以决定由我来负责看家。

于是，我做了五年全职太太，除了坐月子那一两个月，其余大部分时间都是我一个人在家做事和照顾小孩。

那五年，给了我很多启发，让我成长。前期有过不适应和迷茫，经过一次次思考、尝试、突破和调整之后才渐入佳境，甚至游刃有余。我很感激这段经历，它使我除了能够熟练地操持家务和陪伴孩子之外，还让我规划出时间做了许多事情，比如写了许多文章和诗，学会弹奏尤克里里和钢琴，带着孩子去医院探访癌症病人，组织妈妈团一起共读成长。

倒不是说我很能干，而是因为全职在家就要刻意安排生活，

避免失去自我。人一旦找不到自我价值，负面情绪就会不自觉地产生，尤其是“我牺牲了一切来成就 × ×”这种既伤害亲密关系，也伤害自己的想法。

无论是在职场，还是全职在家，我们都要主动去过自己真正喜欢的生活。投入当下，把创意发挥到极致，是从事工作所需要的基本素质。五年充实的全职主妇生活带给我的成长，远超在职场浑水摸鱼的五年。

那五年，除了非常熟悉的朋友介绍的活动我会去帮个忙之外，基本上不接演出活动。很多人都对此不解，还有一些合作过的主办方，劝我不要浪费过去的积累，趁热打铁一鼓作气，让事业更上一层楼。我只是感谢他们的好意，并不多做解释。每个人的价值观不同，彼此尊重就好。也曾遇到极个别阴阳怪气的人，我觉得还挺有意思，放在脱口秀段子里存着吧。

我是那种对自己不太狠的人，同一时间只能做好一件事，这样才有可能享受其中，而不是痛苦地挣扎。

正是因为不挣扎，所以家务做得很开心、很投入，才有多余的能量滋养和祝福其他人。我无法想象一个活得精疲力尽的人，如何带给其他人幸福感。鞭笞自己真的很难走远，身体和心灵总有一个会忍不住发出警报，如果无视警报，迟早都会崩溃。

有了这段经历，对那些毅然决然地放弃事业选择全职在家的人，无论是爸爸还是妈妈，我都很尊敬。

写下这篇文章的时候，我在心中默默地祈祷，希望自尊心受到伤害的全职太太可以从中得到安慰和鼓励。

引用英国作家G.K.切斯特顿对全职妈妈的看法，他说：“怎么可能教别人孩子写作和表达的‘黄金三分割’原则是宏图伟业，教自己孩子认识宇宙却是无足轻重呢？怎么可能对人人做同一件事是广阔天地，对某人做各种各样的事却是格局狭隘呢？不是这样的。让女性劳累的职责，只是因它庞大，而不是因它细微。我同情琼斯夫人，是因她任务庞大，却绝不是因她任务细微。”

♦ 不必战胜一切，允许眼泪流下

事实上，任何一个人都会有忧虑、恐惧的时候，我也曾有过胆怯、退缩到无法迈步的经历。我向人分享信心和盼望，并不代表我否认失落和忧伤。

即便是在积极心理学支派里也绝不否认消极情绪的存在，而是鼓励人们持守盼望，同时积极地为任何可能发生的事做充足的准备。在眼泪与困境中，爱和喜乐最能治愈人心。人生总有些事是不可预测的，面对它们，我们首先要做的不是头脑发热地去战胜它，而是要找到方法与之和平共处，从缝隙中去寻找微光，并为此而感恩，甚至是欢呼。

在我怀着女儿时，为了避免孕后期身体负担过重，Charles提前买了一辆小轮椅，想着也许能用得上。因为我的身体不同于大部分女生，没有腿该如何经历孕期和生产呢？说实话我也不知道，这完全是新的尝试。认清自己的现状，我从怀孕初期就开始积极地做准备，坚持自己做饭，做到营养均衡，每日锻炼……就这样，一直坚持到孕期结束。那辆轮椅始终在阳台上放着，一次也没用上。

因为我们夫妻俩都很喜欢孩子，为了将来能多生几个，我想尝试顺产。然而，由于我第一次生产是剖宫产，再次自然分娩在医学上存在一定风险。为了规避风险，我们在孕期从头到尾都认真地和医生沟通、认真孕检、坚持锻炼、科学搭配饮食……于是，在孕后期，我还能做到爬三十层楼梯，生产当天的状态也非常好。

一切都在计划范围内，对吗？所有的准备工作都做到位了，就等着迎接小家伙了。

好似是一阵风，呼的一下，就可以吹散人的梦。

然而，意外终究还是发生了。

医生考虑到我有剖宫产的经历，尽管这次计划着顺产，但也给我上了麻药，防止生产过程中出现紧急情况，可以随时转剖（也可以起到无痛作用）。

但没想到的是，无痛麻醉硬脊膜穿刺的时候发生了失误，导致脑脊液外漏，引起低颅压性疼痛，不能坐和站。生产后的我，不得不平躺在床上长达三周之久，不能移动，要等到破口愈合。在临床上，这并不是特别严重的问题，对我来说却是无比煎熬的事。

宝贝已经降临了，我极其渴望能拥抱她，却因为头痛欲裂而无法起身，每天只能在喂奶的时候看到她脑壳上方那些细细黄黄的头发；我渴望和Charles一同分担养育孩子初期的点点滴滴，却只能一动不能动地平卧在床，看着他焦头烂额地抱着哇哇大哭的女儿满屋子走动。

那时候，我不知道自己究竟要这样无助地躺到什么时候。

我能做什么呢？我什么也不能做。我害怕、担心、郁闷，心里抑制不住地责怪麻醉师的失误，心疼女儿没有妈妈的拥抱，心疼老公没有人能搭把手……眼泪动不动就掉下来。

我知道自己不能再这样下去，是的，我清楚地意识到了。这不利于我的身体恢复、不利于倍感压力的夫妻关系、不利于新生儿的成长。

我开始想，我能做点什么可以让大家开心一点呢？正好看到老公在帮我做月子餐，他忙活的样子实在叫我感动，我意识到，尽管现在只能平躺在床上，我还可以说点什么为忙碌的家人加油打气。

于是，我说："老公，你穿上围裙，看上去好专业啊，像一个优秀的月嫂，你可以开公司卖王氏月子餐。"

他也配合着我，说："那我的公司名应该叫什么？"

"王月嫂月子餐集团。"

"很明显，我不是嫂，我是叔。"

"啊，王月叔吗？这个品牌名也很有个性啊。"

"嗯，听上去是我会愿意光顾的公司。"

"太棒了，我们可以先发展月子餐的业务，再发展婴儿洗澡的业务……"

一个躺着不能动的人忽然兴奋起来，老公自然也跟着开心起来。后来，女儿哭的时候，我让老公抱着她跳舞。

"老公，女儿有你这样的爸爸好幸福啊。"

……

头痛没停，生活继续。但日子变得有滋有味了。

脑脊液流出的破口终于慢慢痊愈了，我甚至都忘了，是在哪一天忽然头就不痛了。

我没有战胜头疼，既然它的到来不可避免，那就使用它来成全一个小家庭的“浪漫”时光吧。这就是我的幸福秘籍。不管是舒心的时候，还是在难受的时候，随时随地都能自由地去爱，学习着在不同的生活状况里寻找或创造一些随手可得的小幸福。

如果养成随手捕捉幸福的习惯，那么眼泪也会变得甜蜜。

做一个能善待自己的人

这是我的期许：

爱我所爱，做内心渴望的事；

失败了再来一次；

跌倒了，爬起来；

受伤了，包扎一下；

累了，就休息；

失去了，就放手；

得到了，就珍惜；

感到伤心，尽情大哭；

不伤心的时候，就多笑笑；

被人得罪了，正面沟通；

得罪了别人，坦诚道歉；

吃自己买的菜，少一点点盐，少一点点油；

每天给自己一点运动的时间，一刻钟就好；

给家人拥抱，比内心想要拥抱的次数更多几次；

家人或朋友离开，无论多么短暂，带着孩子一同前去拥抱、亲吻、道别；

每个月花一点时间买几件好一点的衣服、化妆品、鞋子，让自己开心，一点时间就好；

每个月拿出一部分钱去帮助身边那些有切实需要的人；

每年出去走走，不去人潮拥挤的观光区，去大自然里，和当地的人一起吃喝交谈，去感受那些或匮乏或丰富到你无法想象的世界；

每天读半小时书；

按时睡觉和起床；

每天和身边的人一起大笑，至少十分钟；

花时间想想三个终极问题：我是谁？我从哪里来？要到哪里去？

每天从内心深处去感受大自然的恩慈。

人生比想象的要更短暂，请学会善待自己。

不管世界流行什么、崇尚什么，“丧”也好，“正能量”也罢，这些不过是外界给予的符号，都不重要；重要的是，人生只有一次，不要把时间浪费在迎合别人的眼光上，更不要把时间浪费在虚无与黑暗的情绪里，认认真真地过好每一天。

这就是别人无法取代的价值，就是我们独一无二的生命。

跋 爱人的话

为了让正在阅读这本书的你感觉到我和我的家人更贴近你的人生，犹如是你打开门窗后一眼就能看到的、正在朝你热切挥手的邻居，我特别邀请 Charles 为这本书写结尾。作为近年来多次出现在我的视频里、没有表情也不爱笑的男主角，很多关心我们的人都会想：站在这个“钢铁直男”的角度，他所看见的幸福究竟是什么样子呢？

甚至有一位相识几年的朋友曾问过我：“Charles 平常在家会跟你开玩笑吗？他在家里也是这样不苟言笑吗？”

看来，这个“钢铁直男”的外貌给人们造成了不少误解。他在我的眼里是一个心思细腻、温存宽容的真男人，他毫无虚荣心，几乎从不撒谎，能够以谦和的心态接纳所有人的意见，同时又不失主见和独立性。

是我欣赏的男人。

以下是他的分享——

先做个自我介绍吧，我是廖智的老公，叫 Charles，你可以叫我查尔斯。

我是一个在中国台湾出生，在美国长大的美籍华裔。我学习的第一语言是英语，因此我的中文没有你们在视频里看到的，或想象的那么好。我平常说话比较少，也有一部分原因是中文掌握得不够流畅。当然，比起2012年刚回国时，现在的中文水平已经进步很大了。谈恋爱是学语言的最佳方法和途径，这都是廖智的功劳。

我的个人成长经历和廖智非常不同，没经历过什么大风大浪，相比之下，显得平淡而顺遂。从读初中开始，我们全家在纽约曼哈顿生活，住在一个犹太人社区里，我读的也是一个犹太人学校。考大学时，很顺利地拿到几所不错的高校录取通知，而我选择了杜克大学，因为我非常喜欢篮球，杜克大学有很棒的篮球队。

硕士研究生是在美国西北大学就读，那也是一所非常美丽且资源丰富的学校。和廖智结婚后，我带她回母校参观，她也非常喜欢。我的本、硕读的都是生物医学工程专业，从2009年开始学习假肢康复，毕业后在美国部队医院工作过，又随着志愿者团队去了瓜地马拉、缅甸、泰国等国家做截肢者探访，这段经历让我逐渐产生了回亚洲生活和工作的想法。后来，我在一家上市公司做亚太区域的技术经理，也因此争取到了来上海工作的机会。

我和廖智于2013年相识并建立起恋爱关系，随后定居上海。我们在上海度过了七年的美好时光。

在谈恋爱的时候，我们就一直想要开一家康复机构，帮助截肢者完成更科学、更完善的康复。于是，2019年我决定辞职，出来创业。我们为创办的截肢者康复工作室取名“晨星之家”，寓意着截肢人士虽然不易被社会重视，但他们仍如天上的晨星，是众星中不可缺少的一员，闪耀着属于自己的美好光芒。

这是我的简单的个人履历，与廖智相比，我的人生平稳很多，也平凡很多。

我们两个人的差异化很大，无论是个性，还是文化背景、家庭背景、成长背景，都是如此。经常有人会问：“你们之间的差异这么大？是怎么磨合的？”

很多人会说肯定是因为性格互补，所以才会互相吸引。我和廖智肯定有互补的部分，但是我认为，在亲密关系里，相似才是最大的吸引力。对于这一点，我深信不疑，如今，这个观点在心理学中也得到了验证。有一本书叫《亲密关系》，作者是罗兰·米勒（美国萨姆休斯顿州立大学心理学教授），大家如果想要从科学的角度了解两性差异，可以看看这本书。亲密关系里的互补部分实在是无关紧要的，真正的核心，就是所谓的三观是要相似，这样一来，两个人的关系才会产生高度的联结。

我和廖智在恋爱期间没有看过一部电影，每次见面都珍惜所有的时间做一件事——聊天。我们通过大量的沟通建立起对彼此的了解，直到两个人都确认，我们在很多重要的观点上都高度契合，才最终安心地进入恋爱阶段。

我始终记得我向廖智表白的场景。那天，我请她吃海底捞，趁着她被辣椒辣得满脸通红的时候，我忽然问："我可以正式邀请你做我的女朋友吗？"直到现在，我都记得她听到这句话时露出的惊讶表情，然后她哈哈大笑。是的，那时候的我只能想到这句表白的中文。实际上，到现在为止，我也没有想出更好的表白，如果你们有好的主意，可以在我们的短视频评论区告诉我，帮我变得更浪漫一点。

在恋爱期间，我们会在任何地方、任何时间聊天。那时候，我会通宵陪她去录节目，也会抓住一切机会出现在她工作的地方。对我而言，混个脸熟比说什么情话都有用。这个策略很实用，《亲密关系》那本书也验证了这一点，我想分享给每一位渴望爱情、追逐爱情的人。对不起，我是理工男，思路比较直接。策略这个词听起来有点硬，也有点刻意，不用去细究它好不好听，最重要的是它的确能促成好结果。

我听说，现在很多男生已经不再喜欢热烈地追求心中所爱了，如果有机会见到他们，我会说："别傻了，专注且真诚地追逐心中所爱，享受被她拒绝的越挫越勇和最终被她接受的喜悦，是世界上最美好的事情之一，你怎么能错过呢？”

廖智曾问我，如果表白那天她没有答应和我交往，我会不会放弃？我很肯定地回答她：“我不是一个会轻易喜欢人的人，所以也绝不会轻易放弃。”

我们从各自小时候的成长经历聊到各自的初恋，聊到前任恋人，再聊到对未来的期望。在不断的聊天中，我们越来越熟悉，不是通过做什么浪漫的事来熟悉彼此，而是通过不断地打开心扉，了解眼前的人。

那时候，网络上有很多关于廖智的报道，但是我不相信任何人口中描述的廖智，我是学科学的，只相信亲眼所见，亲自感受到的廖智，这让我们的关系有了好的开始。我对廖智的认知是通过我自己努力收集起来的。我确信，我所认识的廖智远比报道中的她更有趣、更可爱、更善良，当然，她也有脆弱和柔软的一面，但对我而言，我只想更爱她。

因为我们拥有大量的沟通，所以在结婚前，我们两个几乎把重要的事情都聊过了。比如，怎么看待事业和家庭的顺序，我们一致认为，家庭是第一位，事业是服务于家庭的。比如，要不要孩子，如果要的话，孩子出生后是自己带，还是请父母帮忙？我们一致认为，婚后会要孩子，这是我们自己的决定，所以带孩子一定会亲力亲为。比如，小家庭和原生家庭出现分歧该怎么解决？我们一致认为，夫妻关系优先于其他一切人际关系，任何问题以尊重伴侣的感受优先。比如，赚了钱该怎么分配？我们一致认为，拿出10%去帮助那些有需要的人，拿出30%做理财，剩下的作为生活开销……我们还聊到哪些事情是自己最无法接受的，哪些事情是自己最享受的，诸如此类和生活息息相关的各种话题都聊了个遍。这些铺垫，对我们的婚姻生活帮助很大。

很多重要的事情我们都已经开诚布公地谈过了，如果谁心里有疑惑都可以提出来，两个人一起探讨，而且探讨的态度必须真实，不能为了哄对方开心而委曲求全或假装同意。毕竟假的真不了，迟早藏不住，待被拆穿的时候，伴侣之间的信任就会下降，也会破坏亲密关系。所以我和廖智有一个默契，如果遇到问题，我们可以不用说那么好听的话，但说出来的承诺，就一定要做到，哪怕要付出很大的代价，也不能违背诺言。

除了聊天，我们还一起合作，创办了一个由年轻人组成的读书小组。共同合作的这段经历让我们更深入地了解彼此的性情和做事风格。

我很庆幸，廖智是一个擅长沟通的人，即便是不太悦耳的话，她也可以理性地看待。恋爱时，我就坦诚地说过："我在上海没车没房，未来也没有一定回美国的计划，如果你对我有这方面的期待，可能我们并不适合……"我以为她会觉得我说话太直接，又或者嫌弃我的情商低，没想到她听后竟然双眼放光，赞同地道："太好了，我也怕被房子捆在一座城市里呢。"这叫我很是惊喜，也愈发肯定她是对的人。

婚后，廖智做了几年的全职太太，我始终感激她做出了巨大的让步。因为自2013年我认识她开始，她总是将自己的工作安排得很满，是个"空中飞人"。我陪她去过一些工作场合，那些邀请她去演讲的主办方都很尊敬她、喜欢她、认可她。坦白说，她赚的钱也比我多。但是当我们讨论要备孕的时候，双方都认可需要有一个人的主要精力放在家庭上，另一个人负责赚钱。她义无反顾地选择了家庭，并且做了决定就开始执行，在一年内循序渐进地结束了外面的工作。很多和她合作过的人都为她叹息，不理解她的决定。作为丈夫，我也常常会关心她的感受，问她后不后悔，但她总是很开心地说："我所做的，对我而言就是这个阶段最重要的事。"这些都是她与众不同的地方，也是吸引我的地方，她活得很有弹性，随遇而安。

事实上，她回归家庭的这些年，对整个家庭来说帮助很大。她确实有效地建立起稳定的家庭基础，我相信这对她而言极具挑战性，所以我只能不遗余力地支持她、尊重她，认可她为家庭所做的努力。回到家的时候，我一定会全心全意地陪伴她。

她把家里打理得井井有条。令我感到惊讶的是，她还可以从繁忙的家务中抽出时间去探访癌症病人，在家里组织"妈妈小组"，在冬天组织一群人去给残障的流浪者送冬衣，甚至感恩节当天独自在家烤了一只香喷喷的大火鸡，在那之前，她完全不会，我都怀疑她之前是否认识火鸡。她还亲手“解剖”了二十斤鱼，给我和小组的同事们做烤鱼吃，我知道她从小就没有杀过生……她在生完孩子两个月后，就开始独自照顾孩子、料理家务，同时还兼顾着写作。这些事都让我感到惊喜，而且佩服她。

我知道，她还是很渴望实现我们在恋爱时讨论过的梦想，她希望能给更多的残障群体提供帮助。于是在2019年，我把工作方向做了巨大的调整，放弃了高薪的工作出来创业。这是我们共同的梦想，也是可以成就彼此的事，并且我相信，康复行业具有很大的商业价值和社会价值。如果你们有兴趣参与，也可以与我联系，可以先从志愿者做起。目前，已经吸引了一些志愿者与我们同行，这份事业也能改变很多人的生活态度。

事情都有两面性，在一边带着孩子一边创业的过程中，我们也遇到了更大的挑战。在压力和忙碌中，人的脾气也会更容易变得烦躁不安。在伴侣承受巨大压力、处于不安情绪时，如何给对方稳定的支持呢？这是我们近几年学到的最重要的功课之一。

我认为，遇到这种情况，男人需要“JUST BE A MAN（做一个男人）”。

过去几年，廖智全职在家时，在各个方面都给了我很大的支持。每次我回到家，她都会耐心且认真地听我讲述在工作中遇到的人和事，她的眼神让我确信，我是世界上最幸福的人。整个交流的过程，我不是被自己所讲的内容感动，而是被她热泪盈眶的模样感动。我不明白为什么明明是一件很平常的事，她都可以解读出被感动的信息，但对我而言，是对我工作的莫大支持和鼓励。因为她，我加倍地用心工作，并且取得了很好的成绩，在各个国家的合作伙伴中都赢得了好口碑。

现如今，廖智每天要处理很多事情，我就做她的支持者和鼓励者。这就是换位思考，在我忙碌奔波的时候，她怎么支持我，现在我就怎么支持她。

当然，我们也会发生争执，但是我们不避讳发生争执。面对争执和分歧，有一个原则——绝不让另一半带着负面的情绪过夜。我记得有一次，我们因为对一件事的态度起了争执，讲来讲去都没有谈出理想的结果，最后廖智就很生气地回房间了。我等儿子睡着后，又去房间里继续追问她的感受，她却不搭理我。我知道，她在大多数时间里都是很愿意和人沟通的，如果她关闭心门，拒绝沟通，只能说明她是真的感到很挫败、很伤心。

她一直催我去睡觉，说不想再讨论这个话题。但是我明白她的心里不是这样想的，只是因为感到无助，所以拒绝讨论。最后，实在磨不过她，我说："你知道我入睡非常快，但如果你的心结不解开，一整晚都睡不好。我不想要你睡不好……"就是这么简单的一句话，她居然哭着扑向我的怀里。

其实很多时候，沟通并非强求一个双方都满意的结果，因为很多事并不是非黑即白的，那些困难的事情不可能通过一遍沟通就得到明确的结果，需要时间去等待、去煎熬。每个人都可以保留自认为正确的观点，这些观点存在即合理，不会经过讨论就达成高度一致的结论。而比结果更重要的是，我们是不是能够继续信任对方，对彼此负责。

我们不断地确认，亲密关系中的你我是否都足够在乎彼此，在乎这段关系。这才是亲密关系中的核心。要不断地让对方感受到，我们彼此重视，彼此珍惜，即便是存在着巨大的分歧，两个人也可以不断地向彼此靠近。很多亲密关系走不到白首，不是因为什么大的不可化解的矛盾，而是在生活中淡忘了"关系重于结果"这个处事原则。

那我为什么说男人一定要"JUST BE A MAN（做一个男人）"呢？不是性别歧视，而是从生理角度出发，男性往往更容易在危机中保持理性，做到课题分离。我记得以前读书时在选修的心理学课程中学到过，男女的大脑结构存在差异，女性自然也在很多方面比男性更有优势，如女性比男性更在乎关系、更擅长表达，但这些优势在男性世界里常常被忽略，从而导致女性更容易受到伤害。

至少我认为，男人不能在自己不占优势的领域推卸责任，而是要谦卑地学习如何去爱。珍惜妻子的爱，就体现在保护她的感受，在她感到伤心、愤怒的时候，不要以自我为中心，而是要勇敢、大度地走向对方，努力表达对她的在乎。这么做并不会影响所谓的男子气概。

我的父亲曾经放弃过一次重要的升职机会。因为他的工作是在各地飞，但只要他能赶回来就一定回家，哪怕是坐最后一班飞机。如果接受升职，他有很长时间都无法回家，于是便拒绝了。公司的同事都很羡慕他可以升职，但父亲在别人不理解的目光中放弃了。回家后，他说起了这件事，妈妈也非常认可他。爸爸说："一个人在外面能够指挥千军万马，回到家后却不愿意关注妻子的感受，不愿意做些实际去服务家人，那他也不是一个真正有力量的人。做事远比爱人要更容易，选择容易道路的人，都不是真正的勇士。"

因为我的父亲很尊重我的母亲，让她能够安心经营家庭。他们互相尊重、互相感激，这种家庭氛围让我和弟弟都有很深的家庭归属感和安全感，所以我们自幼就养成了良好的专注力，学习也不费劲，甚至没有参加过任何补习班。我从来不认为学习是痛苦的或艰难的，我弟弟的学习更好，他在斯坦福大学读完博士，现在自己创业，也已经登上福布斯最年轻企业家排行榜了；他的婚姻也很幸福，拥有两个可爱的孩子。

我相信良好的家庭氛围可以创造奇迹。有一位朋友曾经针对一位成功人士的离婚事件写过这样一段话："容得下全世界，容不下心爱的人；舍得了万贯家产，舍不得放下一点自我。"

所以，我在这里也鼓励全天下所有的父母，与其总想着怎么教育孩子，倒不如给孩子一个幸福稳定的家庭。

当然，我和廖智也不是那种整天黏在一起的亲密关系。尽管我们的感情很亲密、很深厚，还是会给彼此留出充分的空间，能够去做自己喜欢的事，也会尽全力支持彼此的工作。在必要时，我们也可以为了成全对方，暂时放下自己的喜好。比如：廖智曾经为了家庭的稳定，暂时放弃了外面的工作；现如今，我为了支持廖智的事业，也会花更多的时间去照顾孩子，在她需要直播或出差的时候，花更多的时间去陪伴孩子。当然，在我有需要的时候，她也总是愿意调整自己的时间来成全我。

一起走过的路有太多可以分享的东西，但是估计你们也不想看那么多八卦了。我的分享总结起来就三点：

1. 沟通很重要。在矛盾还没有出现之前就提前沟通，让亲密关系可以更健康地发展，在沟通这个环节一定不能偷懒。这一条同样适用于合作关系。

2. 在亲密关系中，关系永远是第一位的。比起非要去做自认为正确的事，不如先修复和另一半的关系。了解彼此的沟通习惯，了解对方话语背后的潜台词，当两个人的心灵更加靠近的时候，反而会让我们更容易做出正确的决定。

3. 任何你认为重要的事，你都要更努力、更完美地做好。亲密关系也一样，只有当你发自内心地认为这份亲密关系很重要，你才能经营好它，并被它所滋养。

最后，我用马克·吐温的一句名言作为结尾：“生命如此短暂，我们没有时间争吵、道歉和伤心。我们只有时间去爱。”

愿读到这本书的人都拥有爱和被爱的智慧。